도련님

휴머니스트 세계문학 021

도련님

坊っちゃん

나쓰메 소세키 | 정수윤 옮김

차례

일러두기

1. 번역 대본으로는 夏目漱石,《定本漱石全集第二巻倫敦塔ほか·坊っちゃん》(岩波書店, 2017)을 사용했다.
2. 주석은 모두 옮긴이 주다.

1

부모에게서 물려받은 물불 안 가리는 성격• 탓에 어릴 때부터 손해만 보고 있다. 소학교 시절 학교 2층에서 뛰어내리다 허리를 삐어 일주일 정도 드러누운 적이 있다. 어째서 그렇게 무모한 짓을 했느냐고 묻는 사람이 있을지도 모르겠다. 별다른 이유는 없다. 신축 건물 2층에서 고개를 내밀고 있는데 동급생 하나가 "아무리 잘난 체해도 거기서 뛰어내리지는 못하겠지, 이 겁쟁이야!" 하고 시답잖은 농담을 했기 때문이

• 원문은 '무데뽀(無鐵砲)'. 무기도 없이 전장에 뛰어들 만큼 앞뒤 따지지 않고 막무가내로 행동하는 기질.

다. 소사●에게 업혀 집에 오니 아버지가 눈을 부라리며 세상 천지에 2층에서 뛰어 허리를 삐는 녀석이 어디 있냐기에 다음번에는 안 삐고 뛰는 걸 보여주겠다고 했다.

친척이 선물로 준 서양 나이프를 햇살 아래 비추며 친구들에게 아름다운 칼날을 보여주고 있을 때다. 한 녀석이 반짝이기는 해도 잘 안 들 것 같다고 했다. "안 들긴 왜 안 들어. 뭐든 잘라주마." 내가 받아쳤다. 그렇담 네 손가락을 잘라보라기에 "겨우 손가락이냐? 잘 봐라" 하며 오른 엄지 바깥쪽을 사선으로 깊이 벴다. 다행히 작은 칼이었고 그나마 엄지 뼈가 단단했기에 엄지는 아직까지 손에 붙어 있다. 하지만 흉터는 죽을 때까지 사라지지 않으리라.

마당 동쪽으로 스무 걸음쯤 가면 남쪽 둔덕에 자그마한 텃밭이 있고, 그 한가운데 밤나무가 한 그루 서 있다. 이 밤은 목숨보다 중하다. 밤이 익어갈 무렵이면 이불에서 나오기 무섭게 뒷문으로 나가 떨어진 밤을 주워 학교에 가져가 먹는다. 텃밭 서쪽은 야마시로야라는 전당포 마당으로 이어지는데, 이 집에 간타로라고 열서너 살 먹은 아들놈이 있었다. 간타로는 물론 겁쟁이다. 겁쟁이 주제에 울타리를 넘어 밤을 훔치러 온다. 어느 날 저녁, 사립문 뒤에 숨어 있다가 드디어 간타로

● 관청, 학교 등에서 잔심부름을 시키기 위해 고용한 사람.

를 붙잡았다. 퇴로가 막힌 놈이 기를 쓰고 덤볐다. 상대는 두 살쯤 많다. 겁쟁이지만 힘은 세다. 넙데데한 머리통으로 내 가슴팍을 쑥쑥 밀고 들어오던 찰나, 간타로의 머리가 내 기모노 앞섶을 헤집고 옷소매 속으로 미끄러져 들어왔다. 팔을 못 쓰니까 갑갑해서 되는대로 휘저었더니 옷소매 속 간타로의 머리가 좌우로 너풀너풀 흔들거렸다. 놈은 괴로워하더니만 옷소매 속에서 내 위팔을 콱 깨물었다. 너무 아파서 놈을 울타리로 밀어붙여 다리를 걸어 넘어뜨렸다. 전당포 지면은 텃밭보다 어른 키 하나 정도 낮다. 간타로는 울타리를 반쯤 부서트리며 자기 영역으로 곤두박질쳤다. 악 소리가 났다. 간타로가 떨어질 때 내 옷소매 한쪽이 뜯겨 나가 돌연 팔이 자유로워졌다. 그날 밤 어머니가 전당포에 사죄하러 갔다가 간 김에 옷소매 한쪽도 찾아왔다.

그 밖에도 장난질은 참 많이 했다. 목공소 집 가네코와 생선 가게 가쿠를 데리고 모사쿠네 당근밭을 망가뜨린 적이 있다. 아직 당근 싹이 다 안 난 밭에 짚이 깔려 있기에 셋이 올라가 한나절 스모를 했더니 당근이 몽땅 짓밟혀버렸다. 후루카와네 논두렁 물길을 막아 뒤처리로 곤욕을 치른 적도 있다. 마디가 굵은 죽순대를 땅속 깊이 찔러 넣어 거기서 솟는 지하수로 주변 벼에 물을 주는 장치였다. 그때는 그게 뭔지도 모르고 돌멩이랑 막대기를 아무렇게나 쑤셔 넣어 더 이상 물이 안 나오는 걸 확인하고 집에 가서 밥을 먹는데, 얼굴이 벌게진 후루카와가 쫓아와 악을 써댔다. 그 일은 아마 돈을 물어주고 넘어갔을 것이다.

아버지는 나를 요만큼도 예뻐하지 않았다. 어머니는 형만 편애했다. 형은 유독 얼굴이 하얘서 여장한 가부키 배우 흉내를 잘 냈다. 아버지는 나만 보면 어차피 글러먹은 놈이라고 했다. 어머니는 내가 하도 우악스러워서 앞날이 걱정이라고 했다. 틀린 말은 아니다. 보시다시피 이 꼴이다. 앞날이 걱정되는 것도 일리가 있다. 겨우 징역살이나 면하고 살 뿐이다.

어머니가 병으로 돌아가시기 이삼일 전에 부엌에서 공중제비를 돌다가 부뚜막 모서리에 갈비뼈를 찧어 무지 아팠다. 어머니는 벼락같이 화를 내며 너 같은 놈은 꼴도 보기 싫다기에 친척 집에 가서 잤다. 그랬는데 기어이 돌아가셨다는 전갈이 왔다. 그렇게 빨리 가실 줄은 몰랐다. 그런 중병이었다면 조금 더 얌전히 있을걸 그랬다고 생각하며 집으로 왔다. 그런데 형이 나더러 불효자라고, 나 때문에 어머니가 빨리 돌아가신 거라고 했다. 분해서 형 따귀를 때렸다가 호되게 꾸중을 들었다.

어머니가 돌아가시고는 아버지와 형과 셋이 살았다. 아버지는 아무것도 안 하면서 사람 얼굴만 보면 "네놈은 글렀다, 글렀어." 소리를 입에 달고 살았다. 뭐가 글렀다는 것인지는 지금도 모르겠다. 얄궂은 아버지도 다 있다. 형은 사업가가 되겠다며 영어 공부에 열심이었다. 본디 성격이 교활해서 나하고는 사이가 안 좋았다. 열흘에 한 번꼴로 싸웠다. 하루는 장기를 두는데 비겁하게 왕이 도망갈 길을 싹 막아 사람을 곤란하게 만들고는 좋다고 이기죽거렸다. 울화가 치밀어 들고 있던 장기 알을 미간으로 내던졌다. 미간이 찢어져 피가 조금 났다. 형이 아버지에게 고자질했다. 아버지는 나와 의절하겠다고 나섰다.

그때는 하는 수 없이 순순히 의절할 각오를 하고 있는데, 10년을 우리 집에 몸담은 기요라는 하녀가 아버지를 붙들고 울고불고 빌어서 아버지의 노여움이 겨우 풀렸다. 그래도 아버지가 무섭다는 생각은 들지 않았다. 오히려 하녀 기요가 딱했다. 원래는 유서 깊은 집안의 따님이었다는데, 메이지 유신으로 막부가 붕괴하면서 집안이 몰락해 더부살이 신세가 되었다고 들었다. 그러니까 할머니다.• 무슨 인연인지 이 할멈이 나를 무척 귀여워해주었다. 이상한 일도 다 있다. 어머니도 죽기 사흘 전에 정나미가 떨어지고, 아버지도 1년 내내 골치를 앓으며, 마을에서는 막돼먹은 사고뭉치라고 손가락질받

• 《도련님》은 1906년 작품으로, 메이지 유신 후 40년가량이 흐른 뒤에 발표되었다. 스무 살 무렵 집안이 몰락했다면, 기요는 현재 예순 살 정도 되었을 것이다.

는, 이런 나를 무턱대고 귀히 여겨주었다.

나는 어차피 남의 호감을 살 만한 성격이 아니라고 포기하고 있었기 때문에, 사람들한테서 하찮은 나무 쪼가리 취급을 받는 것쯤은 아무렇지도 않았다. 오히려 기요 할멈처럼 나를 애지중지하는 게 수상할 지경이었다. 기요 할멈은 부엌에 아무도 없을 때, "도련님은 성품이 바르고 참 착합니다" 하고 칭찬해주는 일이 더러 있었다. 하지만 나는 납득이 안 갔다. 정말로 그렇게 착하다면 다른 사람들도 나한테 조금은 더 잘해줄 것이 아닌가. 기요 할멈이 그런 소리를 할 때마다 빈말은 듣기 싫다고 퉁명스레 대꾸하는 게 일상이었다. 그러면 또 할멈은 그러니까 착하다는 거라며 기쁜 듯이 내 얼굴을 들여다보았다. 본인이 나를 키웠다고 자랑스러워하는 눈치다. 다소 언짢았다.

어머니가 돌아가시고 기요 할멈은 나를 더욱 예뻐했다. 가끔은 어린 마음에 왜 그렇게 나한테 잘해주는지 미심쩍었다. 귀찮네. 그냥 내버려두면 좋을 텐데. 그런 생각이었다. 미안하게 됐다 싶었다. 그래도 기요 할멈은 나를 예뻐했다. 가끔은 자기 쌈짓돈으로 긴쓰바•나 매화 전병을 사주었다. 추운 겨울밤이면 남몰래 메밀가루를 사두었다가 어느 틈엔가 자

● 네모난 팥소 덩이에 묽은 밀가루 반죽을 발라 구운 간식.

고 있는 내 머리맡에 메밀 삶은 물을 놓고 갔다. 어떨 때는 냄비 우동도 사주었다. 먹을거리만이 아니다. 양말도 받았다. 연필도 받았다. 공책도 받았다. 한참 나중 일이지만 돈도 3엔쯤 빌려줬다. 내가 빌려달라고 한 것도 아니다. 자기가 먼저 내 방으로 가져와서는, "용돈이 궁하지요. 이거 쓰세요" 하며 건넸다. 나는 물론 됐다고 했지만 부디 써달라기에 못 이기는 척 받아두었다. 솔직히 아주 기뻤다.

그 3엔을 똑딱 지갑에 넣고 품에 찔러 넣은 채 변소에 갔다가 그만 똥통에 퐁당 빠뜨리고 말았다. 별수 없이 우물쩍주물쩍 걸어 나와 기요 할멈에게 사정을 말하자 단숨에 어디서 대나무 꼬챙이를 구해 와서는 자기가 건져주겠다고 나섰다. 얼마 안 가 우물가에서 쏴쏴 물소리가 나기에 가보니 할멈이 대나무 끝에 걸린 똑딱 지갑을 물로 씻고 있었다. 그러고는 지갑을 열고 1엔짜리 지폐 세 장을 펼쳤다. 돈이 갈색으로 변해 무늬가 거의 지워져 있었다. 기요 할멈은 화롯가에서 돈을 말린 뒤 "이제 됐지요" 하며 내게 내밀었다. 슬쩍 냄새를 맡아보고 구린내가 난다고 했더니만, "그럼 이리 주세요. 바꿔다 드릴게" 하고는 어디서 어떻게 바꿔치기했는지 지폐 대신 은화로 3엔을 들고 왔다. 그 3엔을 어디다 썼는지 모르겠다. 금방 갚겠노라 말만 하고 안 갚았다. 이제는 열 배로 갚고 싶어도 갚을 길이 없다.

기요 할멈은 꼭 아버지나 형이 없을 때만 내게 뭘 주었다. 나는 이러니저러니 해도 나만 스리슬쩍 이득을 챙기는 게 제일 싫은 사람이다. 형하고는 물론 사이가 안 좋지만, 그렇다고 형 몰래 기요 할멈한테서 과자나 색연필을 받고 싶지는 않았다. 왜 나만 주고 형은 안 주냐고 물어본 적이 있다. 그랬더니 "형님은 아버님이 사주시니까 괜찮습니다" 하고 더할 나위 없이 차분하게 말했다. 이건 불공평하다. 아버지가 완고하기는 해도 공평하지 않은 사람은 아니다. 하지만 할멈 눈에는 그렇게 보였나보다. 완전히 사랑에 눈이 멀었다. 본디 지체 높은 신분이었다 해도 학교교육을 받은 적 없는 할머니라 어쩔 수가 없다.

그뿐만이 아니다. 사람 눈이라는 게 한번 멀면 무섭다. 기요 할멈은 내가 장차 출세해서 훌륭한 사람이 될 거라고 굳게 믿었다. 그러면서 공부하는 형은 허여멀겋기만 하고 당최 쓸만한 구석이 없다고 혼자 단정 지었다. 이런 할머니를 만나면 당해낼 재간이 없다. 자기가 좋아하는 사람은 반드시 훌륭한 인물이 되고, 싫어하는 사람은 틀림없이 망한다고 믿는다. 나는 그때 딱히 뭐가 되겠다는 생각도 없었다. 그래도 기요 할멈이 된다, 된다 하니까 뭐가 되긴 되겠구나 싶었다. 지금 생각하면 바보 같다. 하루는 기요 할멈에게 내가 뭐가 될 것 같으냐고 물어보았다. "자가용 인력거를 타고 번듯한 대문을 드나들겠지요." 할멈도 뾰족한 안은 없었던 모양이다.

또 기요 할멈은 내가 독립해서 집이라도 장만하면 따라올 심산이었다. "꼭 저를 데려가주세요" 하고 수차례 간곡히 부탁하기에, 나도 어쩐지 내 집이 생길 것만 같아서 "알았어. 데려갈게"라고 대답은 해두었다. 그런데 상상력이 어찌나 뛰어난지, 도련님은 어느 동네가 좋아요? 고지마치로 갈까요, 아자부로 갈까요?● 정원에는 그네를 다는 게 좋겠어요, 응접실은 하나면 충분합니다 등등 자기 멋대로 세운 계획을 줄줄이 늘어놓았다. 그때는 집 같은 거 관심도 없었거니와 서양 가옥이니 일본 가옥이니 다 필요 없었기에 "나는 그런 데 관심 없어" 하고 대꾸했다. 그러면 또 "도련님은 그렇게 욕심이 없으니까 마음이 예쁜 겁니다"라며 칭찬을 늘어놓았다. 기요 할멈은 내가 무슨 소리를 해도 칭찬해준다.

어머니가 돌아가시고 5~6년은 그렇게 살았다. 아버지한테서는 꾸중을 듣고 형하고는 싸웠다. 기요 할멈은 과자를 주고 종종 칭찬을 했다. 딱히 꿈은 없었지만 그런대로 괜찮은 인생이었다. 다른 아이들도 대체로 비슷할 거라고 생각했다. 다만

● 고지마치는 황거, 국회, 관공서가 밀집한 도쿄 중심부였으며 아자부는 고지마치의 남쪽으로 외교관 관저와 고급 주택이 모여 있는 지역이었다. 고지마치구, 아자부구는 1947년 이후 지요다구, 미나토모구의 일부로 편입되었다.

기요 할멈이 툭하면 내가 가엾네, 불행하네, 쓸데없이 외는 통에, 그렇다면 가엾고 불행하겠거니 했다. 그 밖에 신경 쓰이는 일은 없었다. 그저 아버지가 용돈을 안 주는 데는 넌더리가 났다.

어머니가 돌아가시고 6년째 되던 해 정월에 아버지도 뇌졸중으로 돌아가셨다. 그해 4월에 나는 한 사립 중학교를 졸업했다. 형은 6월에 상업학교를 졸업했다. 형이 무슨 회사 규슈 지점에 자리가 나서 가겠다고 했다. 나는 아직 도쿄에서 공부를 해야 했다. 형은 집을 팔고 재산을 정리해 부임지로 떠나겠다고 나섰다. 나는 좋을 대로 하라고 했다. 어차피 형한테 신세 질 생각은 없었다. 돌봐준다고 해도 곧잘 싸우니까 나중에 무슨 소리를 들을지 알 수 없다. 선불리 보호를 받다가는 저런 형한테 고개를 숙여야 한다. 우유 배달이라도 해서 먹고 살자고 각오를 다졌다. 그 후 형은 골동품상을 불러 선조 대대로 내려오는 잡동사니를 헐값에 내다 팔았다. 집과 대지는 아는 이의 주선으로 어느 자산가에게 넘어갔다. 이건 꽤 큰돈이 된 것 같은데 자세한 내막은 모른다. 나는 한 달쯤 전부터 간다의 오가와마치에서 하숙을 하고 있었다. 앞길이 정해질 때까지 그러기로 했다. 기요 할멈은 10년 넘게 몸담았던 우리 집이 남의 손에 넘어가는 걸 아쉬워했지만 자기 것이 아니라 어쩔 수 없었다. “도련님 나이가 조금만 더 많았더라면 집을 상속받았을 겁니다." 그 소리를 끈질기게 하고 또 했다. 나이를 더 먹었다고 받을 거라면 지금이라도 받을 수 있었을 것이다. 아무것도 모르는 할머니라서 나이만 더 먹었으면 형의 집을 받았을 거라고 믿고 있다.

형과 나는 그렇게 헤어졌다. 문제는 기요 할멈의 거처였다. 형은 물론 데려갈 상황이 아니었고, 기요 할멈도 형 꽁무니를 쫓아 규슈까지 내려갈 마음은 추호도 없었다. 그때 내 상황은 다다미 네 장 반짜리 값싼 하숙방에 틀어박혀 그마저도 여차하면 쫓겨날 판이었다. 이러지도 저러지도 못할 노릇이다. 기요 할멈에게 물었다.

"어디 더부살이할 데라도 있어?"

"도련님이 집을 마련하고 부인을 맞으실 때까지는 어쩔 수 없이 조카에게 신세를 져야겠지요."

마지못해 결심한 투였다. 이 조카라는 사람은 직업이 법원 서기라 당장에 큰 지장 없이 먹고살고 있었다. 전부터 기요 할멈에게 같이 살자고 두어 번 권유했지만, 할멈은 비록 더부살이라도 오래 살아 익숙한 우리 집이 좋다며 응하지 않았다. 이제는 잘 알지도 못하는 낯선 집에 들어가 마음에도 없는 일을 하기보다 조카 신세를 지는 편이 낫겠다 싶었으리라. 그러면서도 나한테는 빨리 집을 장만하세요, 장가를 드세요, 그때는 제가 시중을 들겠습니다, 하고 보챘다. 친척인 조카보다 생판 남인 내가 더 좋나보다.

형은 규슈로 떠나기 이틀 전에 하숙집으로 찾아와 600엔을 내놓으며 말했다. "이 돈으로 장사를 하건 공부를 하건 네 마음대로 해라. 대신 나중 일은 모른다." 형치고는 괜찮은 수법이었다. 이깟 돈 600엔이야 없어도 산다 싶었지만 전에 없이 담백한 일 처리가 마음에 들어 고맙다며 받아두었다. 형은 또 따로 50엔을 꺼내 기요 할멈에게 전해주라기에 두말없이 받아 넣었다. 이틀 후 신바시역에서 헤어진 뒤로 두 번 다시 형을 만나는 일은 없었다.

나는 잠자리에 누워 600엔을 어디에 쓸까 궁리했다. 장사도 성가셔서 만만하게 볼 일이 아니고, 겨우 600엔 가지고는 장사다운 장사를 할 수도 없으리라. 어디 한번 해볼까 싶어도 지금 같은 상황에서는 번듯한 교육을 받은 게 아니라 남들한테 손해만 볼 것이다. 돈 같은 건 아무래도 좋다. 이걸 학비 삼아 공부를 하자. 600엔을 삼등분해서 1년에 200엔씩 쓰면 3년은 공부할 수 있다. 3년 동안 열심히 하면 뭐든 되겠지. 그런 생각으로 어느 학교에 들어갈까 고민했는데 공부에는 딱히 취미가 없었다. 특히 어학이나 문학은 딱 질색이다. 신체시 같은 건 스무 행 가운데 한 행도 모르겠다. 어차피 공부가 싫으니까 무얼 하건 똑같겠구나 싶던 차에 때마침 물리학교• 앞을 지나다가 학생 모집 광고가 눈에 띄었다. 이것도 인연이다 싶어 규정집을 받아 들고 곧바로 입학 수속을 밟았다. 지금 생각하면 이 역시 부모에게 물려받은 물불 안 가리는 성격 탓에 저지른 실책이다.

그럭저럭 3년을 공부했고 그다지 뛰어난 축은 아니어서 석차는 항상 뒤에서 세는 게 빨랐다. 하지만 놀랍게도 3년 만에 졸업을 했다. 내가 생각해도 말이 안 되는 상황이었지만 불평할 일은 아니었으므로 얌전히 졸업장을 받아두었다.

졸업하고 여드레 되는 날, 교장이 부르기에 무슨 일인가 싶어 찾아가니 시코쿠의 한 중학교에서 수학 교사를 구한다는 말을 꺼냈다. 월급이 40엔인데 가보겠느냐는 이야기였다. 3년 동안 공부는 했지만 솔직히 교사가 될 생각도, 시골에 갈 마음도 없었다. 그렇다고 교사 말고는 딱히 할 일도 없었기 때문에 그 자리에서 가겠다고 대답했다. 이것도 부모에게서 물려받은 물불 안 가리는 성격이 가져온 재앙이다.

승낙한 이상 부임해야 한다. 지난 3년은 골방에 틀어박혀 살았다. 잔소리를 들은 적도, 싸움을 한 적도 없다. 내 생애 비교적 느긋한 시절이었다. 상황이 이렇게 되었으니 방도 비워야 했다. 태어나서 도쿄를 떠나본 것은 동급생과 가마쿠라로 소풍 갈 때뿐이었다. 이번에는 가마쿠라 수준이 아니다.

● 1881년 창립한 도쿄 물리학교. 입학은 쉬워도 졸업이 대단히 어렵기로 유명했다.

훨씬 더 먼 곳으로 가야 한다. 지도를 보니 해안에 바늘 끝처럼 작게 표시된 곳이었다. 어차피 제대로 된 동네는 아니리라. 어떤 사람이 사는 어떤 마을인지도 모른다. 몰라도 상관없다. 걱정할 필요도 없다. 그냥 떠나면 된다. 단지 약간 귀찮을 뿐이다.

집을 처분한 뒤로도 이따금 기요 할멈을 찾아갔다. 할멈의 조카는 의외로 괜찮은 사람이었다. 내가 갈 때마다 집에 있으면 뭐든 대접해주었다. 기요 할멈은 나를 앞에 두고 조카한테 내 자랑을 늘어놓았다. 이제 곧 학교를 졸업하면 고지마치에 저택을 장만하고 나랏일을 할 거라는 둥 얼토당토않은 소리를 떠벌린 적도 있다. 혼자서 그야말로 독백처럼 중얼댔고 나는 난처해서 얼굴이 빨개졌다. 그것도 한두 번이 아니다. 내가 어릴 때 자다가 이불에 오줌을 싼 일까지 끄집어냈을 때는 두 손 두 발 다 들었다. 조카가 나를 뭐라고 생각할지 모르겠다. 기요 할멈은 옛날 사람이라서 우리를 봉건시대 주종 관계쯤으로 여겼다. 자기 주인이면 조카한테도 주인이라고 생각하는 것 같았다. 조카로서는 생사람 잡을 소리다.

이윽고 약속한 날짜가 다가와 떠나기 사흘 전에 기요 할멈을 찾아갔더니, 감기에 걸려 손바닥만 한 북향 방에 누워 있었다. 나를 보고 일어나 앉기 무섭게 "도련님, 그래서 집은 언제 장만하시려고요?" 하고 물었다. 졸업만 하면 주머니에서 돈이 펑펑 솟는 줄 안다. 그렇게 잘난 사람을 붙들고 아직도 도련님 타령이니 할 말이 없다. "당분간 집 계획은 없어. 시골로 갈 거야." 나는 짤막하게 대꾸했다. 기요 할멈은 몹시 실망한 표정으로 흐트러진 반백 머리를 쉼 없이 매만졌다. 그 모습이 가여워서 "하지만 곧 돌아올 거야. 내년 여름방학에는 꼭 올게" 하고 위로해주었다. 그래도 탐탁지 않은 얼굴이라 "올 때 선물 사다줄게. 뭐 갖고 싶어?" 하고 물었더니 에치고• 댓잎엿이 먹고 싶단다. 에치고 댓잎엿 같은 건 들어본 적도 없다. 심지어 방향도 다르다.

"내가 가는 데는 댓잎엿 같은 거 없을 거야."

"어느 쪽으로 가시는데요?"

"서쪽."

"하코네 넘어서예요? 안 넘어서예요?"

꽤나 집요하다.

출발 당일에는 아침부터 와서 이것저것 도와주었다. 오는 길에 생필품 가게에 들러 치약과 칫솔과 수건을 사 와서는 짐 가방에 넣어주었다. 그런 건 됐다고 해도 막무가내다. 나란히 기차역에 도착해 인력거를 세우고 플랫폼으로 올라섰다. 기요 할멈은 열차에 올라탄 내 얼굴을 지그시 바라보며

• 니가타 지방의 옛 지명.

자그마한 목소리로 말했다.

"이제 영영 헤어질지도 모르겠습니다. 부디 오래오래 몸 건강하세요."

눈에 눈물이 그렁그렁하다. 나는 울지 않았다. 하지만 하마터면 울 뻔했다. 열차가 꽤 나아가서 이제 갔겠지 하고 창문에서 고개를 빼고 돌아보니 여전히 그대로 서 있었다. 왠지 무척 작아 보였다.

2

부우웅 하는 기적 소리와 함께 증기선이 멈추자 거룻배가 뭍을 떠나 노 저어 왔다. 사공은 알몸뚱이에 붉은 훈도시•를 찼다. 미개한 땅이다. 하기야 이 더위에 옷을 입을 수도 없으리라. 햇살이 강해서 물결이 지독히도 반짝인다. 보고만 있어도 눈이 어찔하다. 승무원에게 물으니 여기서 내리라고 했다. 오모리••쯤 되는 바닷가 마을이다. 사람을 어떻게 보고 이런 데서 살라 하나 싶었지만 이미 엎질러진 물이다. 제일 먼

● 허리끈에 음경을 가리는 천을 덧댄 일본의 전통 하의.

●● 도쿄 외곽 하네다 포구에 인접한 작은 어촌.

저 거룻배로 훌쩍 뛰어들었다. 뒤이어 대여섯 명쯤 더 탔다. 그 밖에 커다란 궤짝 네 개를 싣고서 훈도시 사공은 해안으로 다시 노 저어 갔다. 뭍에 닿아서도 제일 먼저 뛰어올라 물가에 선 코흘리개를 붙잡고 중학교가 어디냐고 물었다. 애송이는 멀거니 "몰러유"라고 했다. 답답한 촌뜨기다. 쥐꼬리만 한 동네에 중학교가 어디 붙어 있는지도 모르다니. 그러고 있는데 소매통이 좁은 기모노를 입은 요상한 남자가 다가와 이리로 오라기에 따라갔더니 미나토야라는 여관이었다. 밉살스러운 여자들이 입을 모아 어서 들어오라고 요란을 떨어서 들어가기 싫어졌다. 문간에 서서 중학교가 어디냐고 묻자 기차로 8킬로미터는 가야 한다기에 더 들어가기 싫어졌다. 나는 좁은 소매통 남자에게서 내 가방 두 개를 빼앗아 들고 어슬렁어슬렁 걷기 시작했다. 여관 사람들이 이상하다는 듯이 쳐다보았다.

기차역은 금세 찾을 수 있었다. 차표도 어렵지 않게 샀다. 타보니까 성냥갑 같은 기차다. 덜컹덜컹 오 분쯤 달렸나 싶은데 벌써 내려야 했다. 어쩐지 차비가 싸다 했다. 단돈 3전•이다. 기차에서 내려 인력거를 타고 중학교로 가니 이미 방과 후라 아무도 없었다. 소사가 당직 교사는 일이 있어 잠깐 밖

● 1전은 1엔의 100분의 1, 1리는 1엔의 1000분의 1이다.

에 나갔다고 했다. 태평한 당직도 다 있다. 교장이라도 찾아갈까 싶었지만 너무 지쳐서 인력거를 잡아타고 가까운 숙소로 가자고 했다. 인력거꾼은 기운차게 내달려 야마시로야라는 여관 앞에 인력거를 댔다. 야마시로야는 간타로네 전당포 이름이라 은근히 재미났다.

이유는 몰라도 2층 계단 밑 어두운 방으로 안내받았다. 더워서 견딜 수가 없었다. 이런 방은 싫다고 했더니 오늘따라 방이 다 차서 어쩔 수 없다며 가방을 던져놓고 가버렸다. 하는 수 없이 방 안으로 기어 들어가 땀을 흘리며 참고 앉아 있었다. 목욕물을 데웠다기에 탕에 첨벙 뛰어들었다가 금방 나왔다. 오는 길에 보니까 시원해 보이는 방이 텅텅 비었다. 무례하다. 거짓말을 하다니. 잠시 후 하녀가 밥상을 들고 왔다. 방은 더워도 밥은 하숙집보다 훨씬 맛있었다. 하녀가 밥시중을 들면서 어디서 왔냐고 묻기에 도쿄에서 왔다고 했다.

"도쿄는 좋은 곳이지요?"

"당연하지."

밥상을 물리고 하녀가 부엌으로 갔을 때쯤 큰 웃음소리가 들렸다. 실없다. 곧장 자리를 보았으나 쉽사리 잠이 오지 않았다. 덥기만 한 게 아니라 시끄럽기까지 하다. 하숙집의 다섯 배는 더 소란하다. 꾸벅꾸벅 졸다가 기요 할멈 꿈을 꾸었다. 할멈은 에치고 댓잎엿을 이파리까지 우적우적 씹어 먹고 있었다. 댓잎은 독성이 있으니 그만 먹으라고 해도 "아뇨, 이 이파리가 약입니다"라고 하며 맛있게 먹었다. 하도 어처구니가 없어서 입을 크게 벌리고 아하하 웃는데 잠에서 깼다. 하녀가 덧문을 열고 있었다. 하늘은 여전히 구름 한 점 없이 맑다.

여행길에 숙소에 들르면 수고비를 주어야 한다고 들었다. 안 주면 푸대접을 받는다고 했다. 이렇게 좁고 어두운 방에 날 처넣은 것도 분명 그 이유이리라. 남루한 옷차림에 싸구려 천 가방과 초라한 박쥐우산을 들고 나타났기 때문이다. 촌놈들이 사람을 얕잡아 봤겠다. 돈을 두둑하게 얹어주고 놀라게 만들자. 그래도 학비로 쓰고 남은 돈 30엔 남짓을 품에 챙겨 도쿄를 떠나왔다. 기차와 증기선 삯에 잡비를 제하고도 아직 14엔 정도 남았다. 다 줘버린다 해도 앞으로 월급을 받을 테니 괜찮다. 가난한 촌놈들은 5엔만 줘도 깜짝 놀라 눈이 휘둥그레지겠지. 어찌 되나 보자 싶어 세수를 하고 방으로 돌아와 기다리는데, 어젯밤 그 하녀가 밥상을 들고 왔다. 쟁반을 받치고 시중을 들며 쓸데없이 빙글빙글 웃는다. 무례하기 짝이 없다. 내 얼굴에 마쓰리 행렬이라도 지나가는 모양이지.• 이 하녀 낯짝보다야 내 얼굴이 낫다. 밥을 다 먹고 주려고 했는데 울화가 치밀어 밥을 먹다 말고 5엔짜리 지폐 한 장을 꺼냈다. "이

• 사람 얼굴을 빤히 쳐다본다는 뜻. 마쓰리는 일본의 전통 축제다.

건 카운터에 갖다줘라." 하녀는 아리송한 표정을 지었다. 밥을 다 먹고 곧바로 학교로 향했다. 구두는 닦여 있지 않았다.

어제 인력거를 타고 가봤기 때문에 학교 가는 길은 대충 알고 있었다. 사거리를 두세 번 돌아 금세 교문 앞에 도착했다. 교문에서 건물 현관까지 화강암이 깔려 있다. 어제 인력거로 지날 때는 드르륵드르륵하고 어마어마하게 큰 소리가 나서 조금 난감했다. 학교로 오는 길에 교복 입은 학생들을 많이 만났는데 다들 이 교문으로 들어갔다. 개중에는 나보다 키가 크고 힘이 세 보이는 녀석도 있었다. 저런 놈들을 가르친다고 생각하니 영 내키지가 않았다. 명함을 꺼내자 교장실로 데려다주었다. 교장은 잔수염 난 까무잡잡한 얼굴에 눈이 커서 너구리같이 생긴 남자였다. 한껏 거드름을 피웠다. 모쪼록 최선을 다해달라면서 큼지막한 도장이 찍힌 임명장을 정중하게 건넸다. 이 임명장은 도쿄로 돌아오는 길에 둘둘 말아 바다에 던져버렸다. 교장은 곧 교원들을 소개할 테니 한 사람 한 사람에게 내 임명장을 보여주라고 했다. 번거로운 짓이다. 그럴 바엔 차라리 한 사흘쯤 교무실 벽에 붙여놓는 게 낫다.

교원이 다 모이려면 1교시 종료를 알리는 종이 울려야 한다. 시간이 꽤 남았다. 교장은 시계를 꺼내 보고는 차차 이야기하겠지만 우선 대략적인 부분을 알려주겠다면서 교육 정신을 주제로 일장 연설을 했다. 나는 물론 한 귀로 듣고 한 귀로 흘렸는데 어느 순간부터 이거 정말 야단났구나 싶었다. 교장 말대로 할 수 있을 리가 없다. 나처럼 물불 안 가리는 놈더러 학생의 모범이 되라느니, 한 학교의 본보기가 되라느니, 공부뿐만 아니라 인간으로서 덕성을 쌓지 않으면 교육자가 될 수 없다느니 도가 지나친 주문을 해댔다. 그렇게 훌륭한 사람이 월급 40엔에 머나먼 시골까지 올 리가 없지 않은가. 인간은 대체로 비슷하다. 성질나면 누구나 싸움 정도는 할 수 있다고 생각했는데, 교장 말대로라면 이제 제대로 입을 놀릴 수도 없고 밖에 나다닐 수도 없다. 이다지도 어려운 임무였다면 고용하기 전에 이러저러하다고 말을 해줄 일이다. 나는 거짓말을 싫어하는 사람이다. 그냥 속아서 온 셈 치고 여기서 단호하게 약속을 무르고 돌아갈까 진지하게 고민했다. 여관에 5엔을 줘버려서 지갑 속에는 9엔 얼마밖에 없다. 9엔 가지고는 도쿄까지 가지도 못한다. 여관에 돈을 주지 말걸 그랬다. 아까운 짓을 했다. 하지만 9엔으로 어떻게 해볼 수 없는 것은 아니다. 여비는 모자라지만 거짓말하며 사는 것보다야 낫다 싶어서 "그 말씀대로는 도저히 못 하겠습니다. 이 임명장은 돌려드리겠습니다" 하고 말했다. 교장은 너구리 같은 눈을 끔벅끔벅하며 내 얼굴을 빤히 들여다보더니 방금 자기 말은 그저 희망 사항이며, 내가 그렇게 못 한다는 것은 잘 알고 있으니 너무 걱정할 필요 없다면서 웃었다. 그렇게 잘 알면 애초에 겁을 주지 말 것이지.

이래저래 시간이 흘러 종이 울렸다. 교실 쪽이 시끌시끌해졌다. 교원도 얼추 모였을 거라는 말에 교장을 따라 교무실로 들어갔다. 넓고 길쭉한 방에 책상이 죽 늘어섰고 다들 앉아 있었다. 내가 들어가자 약속이라도 한 것처럼 모두 다 내 얼굴을 들여다보았다. 구경났구나. 분부대로 선생 한 사람 한 사람 앞으로 가서 임명장을 보여주며 인사를 했다. 대부분은 의자에서 일어나 허리만 슬쩍 굽혔는데, 꼼꼼한 사람은 내가 내민 임명장을 받아 들고 죽 훑어본 뒤 정중하게 돌려주었다. 연극이 따로 없다. 열다섯 번째로 체육 교사 차례가 되었을 때는 같은 동작을 몇 번이나 반복한 터라 짜증이 났다. 인사를 받는 사람은 한 번으로 끝나지만, 인사를 하는 사람은 같은 동작을 열다섯 번이나 반복해야 한다. 조금은 남의 기분도 생각해달라는 말이다.

인사한 사람 중에 아무개 교감이라는 자가 있었다. 문학사 학위가 있다고 했다. 학위가 있다는 건 대학을 나왔다는 소리니 훌륭한 사람이리라. 목소리가 여자처럼 나긋나긋했다. 더 놀라운 건 이 더위에 플란넬 셔츠를 입고 있었다. 아무리 얇은 옷감이라 해도 당연히 더울 것이다. 문학사답게 고생스러운 옷차림이다. 심지어 붉은 셔츠라니 해도 너무하다. 나중에 들어보니 이 남자는 1년 내내 붉은 셔츠만 입는다고 한다. 못 말리는 병도 다 있다. 당사자 설명에 따르면 붉은색이 몸에 좋아서 건강을 위해 일부러 맞춰 입는다는데 걱정도 팔자다. 기왕이면 기모노에 하카마•까지 붉은색으로 맞춰 입으시지.

또 고가 어쩌고 하는 혈색이 아주 안 좋은 영어 교사가 있었다. 얼굴이 창백한 사람은 대체로 마르기 마련인데 이 남자는 창백하면서도 똥똥했다. 예전에 소학교 다닐 때, 아사이 다미라는 동급생의 아버지 안색이 꼭 이랬다. 아사이는 농사꾼 집안이라 나는 기요 할멈에게 농사를 지으면 다 저런 얼굴이 되느냐고 물었다. "아닙니다, 저 사람은 막물 호박만 먹어서 창백하고 똥똥한 겁니다." 그 뒤로 창백하고 똥똥한 사람만 보면 막물 호박을 먹은 과업이라는 생각이 든다. 이 영어 교사도 막물만 먹은 게 틀림없다. 그런데 지금도 막물이 정확히 무슨 뜻인지 모르겠다. 기요 할멈에게 물어본 적이 있는데 웃기만 할 뿐 답이 없었다. 아마 할멈도 몰랐으리라.

이어서 홋타라고 나와 같은 수학 교사가 있었다. 밤송이머리에 기골이 장대한 승병 같은 상판이다. 사람이 정중하게 내미는 임명장은 거들떠도 안 보고 "오, 자네가 신입이군. 언제 한번 집에 놀러 오라고, 으하하" 했다. 으하하는 무슨 놈의 으하하냐. 예의는 어디다 팔아먹었는지. 너 같은 놈 집에 누가

• 기모노 위에 덧입는 주름 잡힌 폭이 넓은 하의. 다소 격식을 갖춘 복장이다.

놀러 갈 줄 알고. 나는 이때부터 밤송이머리에게 가시도치• 라는 별명을 붙여주었다. 한문 선생은 역시 사람 됨됨이가 훌륭하다. "어제 도착하셔서 얼마나 피곤하십니까. 그런데도 벌써 수업을 시작하시다니 어찌나 정려하신지……." 말을 술술 이어나가는데 꽤나 붙임성 좋은 노인네다. 미술 교사는 완전히 연예인 분위기다. 하늘하늘 비치는 하오리••를 입고 쥘부채를 팔라당거리며, "고향은 어디실까? 오? 도쿄? 그거 참 반갑네. 동향을 만나다니……. 나도 에돗코•••거든" 했다. 이런 자가 에돗코라니 에도에서 태어나지 말걸 그랬다 싶다. 그 밖에도 한 사람 한 사람 쓰자면 얼마든지 쓸 수 있지만, 한도 끝도 없으니 그만하겠다.

인사가 일단락되자 교장이 말했다. "오늘은 이만 돌아가도 좋네. 다만 수업은 수학 주임과 상의해서 모레부터 업무를 시작해주게." 수학 주임이 누구냐고 물었더니 아까 그 가시도치란다. 분하다. 이 자식 밑에서 일하라니. 실망감이 밀려왔다. "어이, 자네 숙소가 어딘가. 어, 야마시로야. 내 조만간 상의하

• 고슴도치보다 몸집과 가시가 큰 동물. 원문의 '야마아라시'는 동음이의어로 거센 산바람이라는 뜻도 있다.

•• 기모노 위에 걸쳐 입는 품이 넉넉한 외투. 엉덩이를 살짝 덮을 정도의 길이다.

••• 개화기 이전 도쿄의 지명은 에도. 에돗코(江戸っ子)는 에도에서 나고 자란 사람을 이르는 말이다.

러 감세." 가시도치는 그 말을 남긴 채 분필을 들고 교실로 갔다. 주임이나 되어서 자기가 나한테 상의를 하러 온단다. 분별없는 인간이다. 하지만 나로서는 불러내는 것보다야 고마운 노릇이다.

교문을 나선 뒤 곧바로 숙소로 갈까 했지만, 가봐야 할 일도 없고 해서 마을 산책이나 하기로 하고 발길 닿는 대로 걸었다. 현청도 보았다. 지난 세기의 오래된 건물이다. 병영도 보았다. 도쿄 아자부에 있는 연대만은 못하다. 번화가도 보았다. 도쿄 가구라자카 길 폭을 반쯤 좁힌 너비고 거리 수준도 못 미친다. 이십오만 석 가는 마을도 별수 없구나 싶다.• 그런데도 나름대로 성안 출신이라고 뻐기며 사는 인간들이 안쓰럽다고 생각하며 걷다보니 어느새 야마시로야 앞이었다. 동네가 넓은 것 같아도 의외로 좁다. 마을은 대략 둘러보았다. 숙소로 가서 밥이나 먹자 싶어 여관 문간을 들어서는데, 카운터에 앉아 있던 여주인이 내 얼굴을 보자마자 냅다 달려와 마룻바닥에 철퍼덕 머리를 조아리며 다녀오셨냐고 인사를 했다. 신발을 벗고 올라서니 하녀가 나와서는 "넓은 방이 비었으니 따라오세요" 하고 나를 2층으로 안내했다. 다다미

• 연간 이십오만 명가량을 먹여 살릴 쌀이 나는 고장이라는 뜻. 당시 일본 전체 인구는 대략 이천오백만 명이었다.

열다섯 장짜리 해가 잘 드는 2층 방에 큼지막한 도코노마•까지 딸려 있었다. 태어나 들어가본 방 중에 제일 훌륭했다. 앞으로 언제 또 이런 데 들어올까 싶어 양복을 벗고 유카타•• 한 장 차림으로 방바닥 한가운데 대자로 누워보았다. 기분이 좋았다.

점심을 먹고 곧장 기요 할멈에게 편지를 썼다. 나는 문장력도 형편없고 어휘력도 부족해서 편지 쓰는 걸 좋아하지 않는다. 또 어디 보낼 데도 없다. 하지만 기요 할멈이 걱정하고 있으리라. 배가 난파되어 죽은 건 아닌가 하고 안절부절못하면 큰일이므로 최선을 다해 길게 써보았다. 내용은 이렇다.

> 어제 도착했어. 시시한 곳이야. 다다미 열다섯 장짜리 객실에 묵고 있어. 여관에 수고비로 5엔을 더 얹어주었지. 여주인이 마룻바닥에 머리를 문질러대더군. 어젯밤에는 잠을 설쳤어. 할멈이 댓잎엿을 이파리째 먹는 꿈을 꾸었어. 내년 여름에는 돌아갈게. 오늘은 학교에 가서 선생들에게 별명을 붙여주었어. 교장은 너구리, 교감은 붉은 셔츠, 영어 교사는 막물, 수학은 가시도치, 미술은 살살이. 조만간 더 써 보낼게. 안녕.

• 다다미방에 족자나 꽃병을 장식하도록 마련한 공간.

•• 여름이나 잘 때 입는 가벼운 광목 기모노.

편지를 썼더니 기분 좋게 졸려서 아까처럼 방바닥 한가운데 대자로 쭉 뻗고 누웠다. 이번에는 꿈이고 뭐고 안 꾸고 푹 잤다. “이 방인가?” 하는 우렁찬 소리에 잠에서 깨니 가시도치가 방으로 들어왔다. “아까는 실례했네. 자네가 맡을 일은…….” 일어나 앉자마자 담판을 지으려 들어서 당황했다. 내가 담당할 일을 들어보니 별로 어렵지도 않아서 알겠다고 했다. 그 정도면 모레가 아니라 내일 당장 시작해도 된다. 수업 이야기를 마친 뒤 가시도치가 말했다.

“그런데 자네, 언제까지 이런 여관에서 묵을 건가. 내가 괜찮은 하숙집을 소개할 테니 그리로 옮겨. 다른 사람은 몰라도 내가 소개하면 만사형통이지. 빠르면 빠를수록 좋으니까 오늘 보고 내일 이사해. 정리하고 모레부터 출근하면 딱 되겠군.”

자기 혼자 일사천리로 결정했다. 하기야 언제까지 이렇게 호화로운 숙소에서 지낼 수는 없다. 월급이 숙박료로 다 나갈 판이다. 큰맘 먹고 5엔이나 얹어줬는데 바로 떠나는 게 아깝기는 하지만 어차피 움직일 거라면 빨리 움직이고 자리를 잡는 게 낫다. 그럼 부탁한다고 했더니 지금 당장 같이 보러 가자기에 따라나섰다. 마을 외곽의 언덕 중턱에 있는 집으로 지극히 한산한 동네였다. 남편 이름은 이카긴이라고 골동품 매매상이고 아내는 남편보다 네 살쯤 더 들어 보였다. 중학교 다닐 때 위치•라는 영단어를 배운 적이 있는데 그 낱말이 떠

오르는 여인이었다. 위치라도 남의 부인이니 상관없다. 내일 바로 이사하기로 했다. 오는 길에 가시도치가 번화가에서 빙수를 한 그릇 사주었다. 학교에서 만났을 때는 기분 나쁘게 건방진 작자라고 생각했는데, 이것저것 챙겨주는 걸 보면 그리 나쁜 사람은 아닌 듯하다. 그저 나처럼 성미가 급하고 금세 울화가 치미는 성격인 것 같다. 나중에 들어보니 이자가 학생들에게 제일 인망이 두텁다고 한다.

3

드디어 학교로 나갔다. 처음 교실로 들어가 높은 교단에 올랐을 때는 기분이 이상했다. 수업을 하면서 나 같은 사람도 선생을 하는구나 싶었다. 학생들은 시끄러웠다. 가끔씩 우렁찬 목소리로 "선생님!" 하고 부르는데 선생 소리가 그렇게 어색했다. 그동안 물리학교에서 "선생님, 선생님!" 하고 숱하게 불러댔지만 내가 부르는 것과 나를 부르는 것은 하늘과 땅 차이다. 선생님 소리를 들으면 왠지 발바닥이 간질간질하다. 나는 비겁한 인간도 아니고 겁쟁이도 아니지만 아쉽게도

● 마녀.

담력이 부족하다. 학생들이 큰 목소리로 "선생님!" 하고 부르면 한창 배고플 때 긴자의 마루노우치에서 정오를 알리는 대포 소리를 들었을 때랑 비슷한 기분이 된다. 1교시는 대충 끝났다. 딱히 곤란한 질문은 없었다. 교무실로 돌아오니 가시도치가 어땠냐고 물었다. "뭐, 그냥." 간단히 대답하자 안심하는 눈치였다.

2교시에 분필을 들고 교무실을 나설 때는 적진으로 돌진하는 기분이었다. 교실로 들어서는데 이 반 학생들은 아까보다 덩치가 컸다. 나는 에돗코라 원체 몸집이 왜소해서 교단 위에 올라도 위엄이 안 선다. 싸움이라면 스모꾼하고도 겨룰 수 있지만 세 치 혀를 놀려 땡땡이중 마흔 명을 제압할 기술이 내게는 없다. 하지만 이런 촌놈들에게 얕보이면 끝이 없지 싶어 되도록 혀끝에 힘을 주고 큰 목소리로 수업을 했다. 처음에는 학생들이 꿈쩍도 안 하고 얼떨떨하게 앉아 있기에 먹혀드는구나 싶어 더욱 빠르고 거칠게 입을 놀렸는데, 맨 앞줄 한가운데에 앉은 제일 힘 좋게 생긴 녀석이 갑자기 벌떡 일어나 "선생님!" 하고 불렀다. 올 게 왔구나 싶어 뭐냐고 물었다.

"너무 빨라서 당최 알아들을 수가 없구먼유. 말씀을 쨰끔 천천히 혀주시믄 안 될랑가유?" 안 될랑가유, 라니 정말이지 미적지근한 말투다. "너무 빠르다면 천천히 하겠다만 나는 에돗코라 너희들 말은 쓸 수가 없으니 못 알아듣겠으면 알아들을 때까지 기다려라." 이렇게 2교시도 생각보다 순조롭게 끝났다. 다만 교실을 나서는데 학생 하나가 "이 문제 좀 풀어주실래유?" 하고 대단히 어려운 기하학 문제를 들이미는 통에 식은땀을 흘렸다. 하는 수 없이 "잘 모르겠다. 다음 시간에 알려주마" 하고 서둘러 교실을 빠져나오자 학생들이 와하하 하고 떠들어댔다. 개중에 "몰러, 몰러" 하는 목소리가 들렸다. 얌통머리 없는 놈 같으니, 선생도 모르는 게 있다. 모르는 걸 모른다고 하는 데 무슨 문제 있냐. 그런 문제를 풀 줄 아는 놈이 월급 40엔에 이런 시골까지 왜 오겠느냐고 씩씩대며 교무실로 돌아왔다. 이번에는 어땠느냐고 가시도치가 또 물었다. 나는 "뭐, 그냥" 했지만 그것만으로는 성이 안 차서 "이 학교 학생들은 철이 없더군요" 하고 말해주었다. 가시도치는 아리송한 표정을 지었다.

3교시도, 4교시도, 점심 먹고 들어간 수업도 대동소이했다. 첫날 들어간 반에서는 조금씩 실수를 했다. 선생 노릇도 옆에서 보는 것처럼 쉬운 게 아니라는 생각이 들었다. 일단 수업은 끝마쳤지만 집에 갈 수가 없었다. 3시까지 우두커니 기다려야 했다. 3시가 되면 담임을 맡은 반 학생이 청소 검사를 해달라고 온다. 그런 뒤 출석부를 확인하고서야 하루 일과가 끝난다. 제아무리 월급에 매인 몸이라지만 수업이 없는데도 학교에 붙잡아두고 책상을 노려보게 만드는 법이 어디 있단 말인가. 하지만 다들 순순히 규칙을 따르는데 신참인 나만 트집을 잡을 수도 없어서 참았다. 집으로 가는 길에 가시도치에게 "아무리 그래도 3시까지 학교에 붙잡아두는 건 멍청한 짓 아닙니까?" 하고 따졌다. 가시도치는 "그렇지, 아하하" 하고 웃더니만 돌연 정색을 하며, "자네, 학교에서 너무 대놓고 불평을 해서는 안 돼. 하고 싶으면 나한테만 하게. 이상한 놈들도 있으니까" 하고 충고를 했다. 사거리에서 헤어졌기 때문에 자세한 내막을 들을 틈은 없었다.

하숙집에 돌아오니 주인장이 "차나 한잔하시지요" 하며 내 방으로 들어왔다. 자기가 한잔하자기에 가져다주나 했는데 내 차를 거리낌 없이 자기 잔에 부어 마셨다. 보아하니 내가 없을 때도 자기 마음대로 차나 한잔하시지요, 라고 하며 멋대로 들어올 위인이다. "저는 골동품이나 미술품을 좋아해서 암암리에 그걸 사고파는 일을 하게 되었죠. 언뜻 보니 선생도 풍류를 좀 아는 분 같은데, 이쪽 취미를 시작해보시는 게 어떻겠습니까?"

주인장이 되지도 않는 소리를 지껄였다. 2년 전 제국 호텔에 심부름을 갔을 때는 나더러 열쇠 수리공이냐고 했다. 모포를 뒤집어쓰고 가마쿠라 대불을 구경하러 갔을 때는 인력거꾼이 형님이라고 불렀다. 그 밖에도 나를 잘못짚는 경우는 꽤 있었지만 풍류를 좀 아는 분 같다는 소리는 처음 들었다. 대개는 겉모습이나 분위기로 그 사람을 알 수 있기 마련이다. 오래된 화폭만 봐도 풍류인 정도 되면 두건을 쓰고서 하이쿠 적어 넣을 종이를 손에 들고 있지 않나. 나한테 풍류인 어쩌고 하는 말을 진지하게 꺼낸다는 건 속셈이 뻔히 보이는 짓이다. "그렇게 한가한 은거 생활은 별로입니다." 내 말에 주인장은 에헤헤 하고 웃더니, "그야 처음부터 좋아하는 사람은 없지요. 일단 한번 발을 들이면 푹 빠질 겁니다" 하고 기묘한 손동작으로 혼자 차를 따라 마셨다. 실은 어제 주인장에게 차를 사다달라고 부탁했는데, 나는 이렇게 쓰고 진한 차는 별로다. 한 잔만 마셔도 위에 자극이 올 것 같다. 다음번에는 조금 덜 쓴 차를 사다달라고 했더니, 알겠다며 한 잔을 더 따라 마셨다. 남의 차라고 아까운 줄 모르고 줄기차게 마셔댈 놈이다. 주인장이 물러간 뒤에는 다음 날 수업 준비를 한 후 곧장 잠자리에 들었다.

그렇게 매일매일 학교에 가고 규칙적인 생활을 했다. 집에 올 때마다 "차나 한잔하시지요" 하고 하숙집 주인장이 밀고 들어왔다. 일주일 정도 지나니 학교도 익숙해지고 하숙집 부부의 성격도 대충 파악이 되었다. 다른 교사들 말로는 임명장을 받고 일주일에서 한 달 사이에는 자기 평판이 좋은지 안 좋은지 굉장히 신경 쓰인다는데 나는 전혀 안 그랬다. 가끔씩 수업 시간에 실수를 하면 당장은 기분이 안 좋지만 삼십 분만 지나면 말끔히 잊는다. 나는 무슨 일이든 오래 걱정을 하려고 해도 할 수가 없는 사람이다. 내가 교실에서 한 실수가 학생들에게 어떤 영향을 미치고, 그게 교장과 교감 귀에 들어갈지 따위는 조금도 신경 쓰지 않았다. 앞서 말했듯 내가 강심장은 아니지만 단념은 무척 빠르다. 이 학교가 아니면 곧바로 다른 데로 갈 각오가 되어 있었기 때문에 너구리나 붉은 셔츠는 조금도 두렵지 않았다. 하물며 교실의 애송이들에게 아양을 떨며 잘 보일 생각은 없었다. 학교는 그걸로 됐다 싶었지만 하숙집은 그렇지 않았다. 주인장이 차만 마시고 돌아가면 그래도 참을 만할 텐데 올 때마다 온갖 것을 싸 들고 왔다.

맨 처음 들고 온 건 무슨 도장 재료였는데, 열 개쯤 늘어놓고 다 해서 3엔밖에 안 하니까 사라고 했다. 내가 굽이굽이 시골길을 돌며 유랑하는 장돌뱅이 화가도 아니고 그런 걸 어디에 쓰겠느냐고 하자 이번에는 가잔인가 뭔가 하는 사람이 그린 화조도를 들고 왔다. 자기 손으로 내 방 도코노마에 족자를 걸어 보이며 괜찮은 작품이 아니냐고 하기에 "그런가" 하고 아무렇게나 대답을 했더니, 가잔이라는 이름은 둘이 있다면서 한 사람은 무슨 가잔이고 또 한 사람은 무슨 가잔인데 이 그림은 바로 그 무슨 가잔이라는 사람이 그린 거라는 허접한 설명을 늘어놓았다. "어떻습니까? 선생한테는 특별히

15엔에 넘겨드리지요. 하나 하세요" 하고 재촉했다. "돈이 없습니다" 하고 거절하니, "돈 같은 건 생기면 언제든 주십시오" 하고 꽤나 완고하게 밀어붙였다. 돈이 있어도 안 산다고 하고 쫓아냈다. 그다음에는 도깨비기와만큼 거대한 벼루를 떠메고 왔다. "이게 바로 단계석•이라는 겁니다, 단계석요." 몇 번이고 단계석, 단계석 하고 노래를 부르기에 반쯤 장난으로 "그러니까 단계석이 뭡니까?" 하고 물으니 곧바로 해설에 들어갔다. "단계석은 상층, 중층, 하층으로 나뉩습죠. 요즘 단계석은 다 상층입니다만, 이건 분명 중층이에요. 여기 이 반점을 좀 보십시오. 반점이 세 개나 있는 건 흔치 않습니다. 먹도 얼마나 잘 갈리는지 몰라요. 시험 삼아 한번 갈아보시지요." 그러면서 내 앞에 거대한 벼루를 들이밀었다. 얼마냐고 묻자 "중국에서 이걸 가지고 들어온 벼루 주인이 꼭 좀 팔아달라니까 헐값에 넘길 테니 30엔만 주십시오" 했다. 이 남자는 바보가 분명하다. 학교는 그럭저럭 다니겠는데, 시도 때도 없이 골동품을 들이미니 여기 오래 있기는 그른 것 같다.

그러는 사이 학교도 다니기 싫어지는 사건이 생겼다. 어느 밤 오마치라는 곳을 산책하는데 우체국 옆에 '메밀국수 도쿄'라는 간판이 눈에 들어왔다. 나는 메밀국수라면 사족을 못

• 중국 광둥성 돤시(단계) 지방에서 나는 짙은 자줏빛의 벼룻돌.

쓴다. 도쿄에 살 때도 메밀국숫집 앞을 지나다가 구수한 국물 향을 맡으면 포렴을 젖히고 들어가지 않을 수 없었다. 여태 수학과 골동품에 떠밀려 메밀국수를 잊고 지냈는데, 간판을 본 이상 그냥 지나칠 수 없다. 도쿄라는 이름을 내건 만큼 조금 더 깨끗했으면 좋으련만 도쿄를 모르는 건지 돈이 없는 건지 터무니없이 지저분했다. 변색된 다다미는 모래까지 서걱거렸다. 벽은 그을음이 져 새카맸다. 천장은 램프 기름 연기로 온통 검게 그을렸고 또 얼마나 낮은지 나도 모르게 고개가 움츠러들 정도였다. 다만 메밀국수 메뉴를 줄줄이 걸어놓은 가격표만은 깨끗한 새것이었다. 아마도 노포를 인수해서 이삼일 전부터 개업한 것이리라. 제일 앞에 걸린 메뉴가 튀김 메밀국수였다. 큰 소리로 "어이, 여기 튀김으로" 하고 말했다. 그러자 안쪽에서 후루룩 쩝쩝 국수를 먹던 일행 셋이 일제히 나를 돌아보았다. 처음에는 가게 안이 어두워서 잘 몰랐는데 얼굴을 보니까 우리 학교 학생들이었다. 저쪽에서 먼저 인사하기에 나도 인사했다. 그날 밤은 오랜만에 먹는 메밀국수라 맛이 좋아서 튀김으로만 네 그릇을 비웠다.

다음 날 아무 생각 없이 교실로 들어갔는데 칠판 한복판에 대문짝만하게 "튀김 선생"이라고 쓰여 있었다. 학생들은 내 얼굴을 보더니 와하하 하고 웃었다. 나는 어이가 없어서 튀김을 먹은 게 뭐가 우습냐고 물었다. 그러자 학생 하나가 "아무리 그려두 네 그릇은 너무했쥬" 했다. "네 그릇이든 다섯 그릇이든 내 돈 주고 내가 먹겠다는데 무슨 문제 있냐?" 하고는 재빨리 수업을 마치고 교무실로 돌아왔다. 십 분이 지나 다음 교실로 갔더니 이번에는 칠판에 "한 번에 튀김 메밀국수 네 그릇. 단, 웃음 금지"라고 쓰여 있었다. 아까는 별로 화가 안 났는데 이번에는 울화가 치밀었다. 농담도 도가 지나치면 몹쓸 장난이다. 구운 가래떡에 눌어붙은 그을음처럼 애물단지가 된다. 촌놈들이 이런 호흡을 모르니 함부로 밀어붙여도 되는 줄 안다. 한 시간이면 볼 게 바닥나는 좁아터진 마을에서 할 일이 없으니 튀김 사건을 무슨 러일전쟁 다루듯 하는 것이리라. 가련한 놈들이다. 어렸을 때부터 이런 교육을 받으니까 심술궂게 배배 꼬인 분재 단풍 같은 소인배가 되는 거다. 순수한 장난이라면 한번 웃고 말 텐데 어린놈들 독기가 보통이 아니다. 나는 튀김 낙서를 지우며 "너희들은 이런 장난이 재미있냐. 비겁한 농담이다. 비겁하다는 말의 뜻을 아느냐" 하고 물었다. 한 녀석이 "자기가 한 일이 웃음거리가 됐다고 화를 내는 게 비겁한 거 아니겄어유" 했다. 진절머리 나는 놈이다. 내가 이런 놈들을 가르치러 도쿄에서 일부러 여기까지 왔나 싶어 한심했다. "쓸데없는 소리 말고 공부나 해" 하고 수업을 시작했다. 다음 교실에 들어갔더니 "튀김을 먹으면 쓸데없는 소리를 하고 싶어지는 법"이라고 쓰여 있다. 정말이지

구제 불능이다. 나는 너무 화가 난 나머지 "이렇게 버릇없는 놈들은 가르치지 않겠다"라는 말을 내뱉고는 저벅저벅 교실을 걸어 나왔다. 학생들은 쉬는 시간이 생겼다고 즐거워했다고 한다. 이렇게 되면 학교보다 차라리 골동품이 낫다.

튀김 메밀국수도 집에 가서 하룻밤 자고 나니 크게 신경 쓰이지 않았다. 학교에 오자 학생들도 와 있었다. 뭐가 어떻게 된 건지 모르겠다. 그렇게 사흘은 무사히 지나갔다. 나흘째 밤에는 스미타라는 곳에 가서 경단을 먹었다. 스미타는 온천 마을•인데 시내에서 기차로 십 분, 걸어서 삼십 분 정도 걸린다. 요릿집도 있고, 온천 여관도 있고, 공원도 있고, 유곽도 있다. 내가 들어간 경단 가게는 유곽 입구에 있는 맛이 좋기로 소문난 곳이라 온천에 들렀다가 집에 가는 길에 한번 먹어보았다. 이번에는 학생들을 안 만나서 아무도 모를 거라고 생각하고 다음 날 학교에 갔는데, 1교시 수업에 들어가니 칠판에 "경단 두 접시에 7전"이라고 쓰여 있다. 실제로 나는 경단을 두 접시 먹고 7전을 냈다. 진짜 지긋지긋한 놈들이다. 2교시 수업 때도 분명 뭐가 있겠지 싶었는데, "유곽의 경단 맛있네 맛있어"라고 적혀 있다. 아무짝에도 쓸모없는 놈들이다.

• 이곳의 모델은 마쓰야마의 도고 온천이다. 천년 역사를 지닌 온천 마을로 일본에서 가장 오래된 온천으로 추정된다.

경단은 그걸로 끝이 났지만 이번에는 빨간 수건으로 소문이 자자했다. 무슨 소리인가 했더니 시답지 않은 내용이었다. 나는 이곳에 온 후 매일 스미타 온천에 갔다. 다른 곳은 어디를 가도 도쿄 발끝에도 못 미치는데 온천만큼은 훌륭했다. 어차피 왔으니 매일 몸이나 담그자 싶어 저녁밥을 먹기 전에 운동 삼아 들렀다. 갈 때마다 커다란 서양 수건을 손에 들고 갔다. 이 수건에 온천물이 든 데다 물에 젖으면 빨간 줄무늬가 도드라져 얼핏 보면 연지색으로 보였다. 나는 이 수건을 온천 갈 때나 올 때나 기차에 탈 때나 늘 손에 들고 있었다. 그래서 학생들이 나를 빨간 수건, 빨간 수건 하고 부른다는 것이다. 동네가 좁아서 이래저래 시끄럽다. 또 있다. 온천은 3층 신축 건물로 상급 티켓은 유카타를 빌릴 수 있고 때밀이까지 해서 8전이다. 게다가 찻상에 차까지 내준다. 나는 언제나 상급으로 들어갔다. 그랬더니 월급 40엔으로 매일 상급에 들어가는 게 사치스럽다는 말이 돌았다. 쓸데없는 참견이다. 또 있다. 목욕탕은 화강암을 쌓아 올려 다다미 열다섯 장 규모로 널따랗게 만들어져 있었다. 보통은 열서너 명 정도가 몸을 담그지만 가끔 탕 안에 아무도 없을 때가 있었다. 깊이는 어른 키 가슴께 정도였기에 운동 삼아 탕 안에서 수영을 하는 게 꽤나 즐거웠다. 나는 아무도 없을 때를 기다렸다가 거대한 탕에서 수영을 즐겼다. 하루는 3층에서 씩씩하게 내려가 오늘도 수영을 할 수 있을까 하고 목욕탕 안을 들여다보았는데 커다란 팻말에 시커멓게 "욕탕 안 수영 금지"라는 글씨가 쓰여 있었다. 탕 안에서 수영하는 이는 그리 많지 않을 터라 이 팻말은 나를 위해 특별 제작한 것인지도 모른다. 그 후로는 수영을 단념했다. 수영은 단념했지만 학교에 나와보니 또 칠판에 "욕탕 안 수영 금지"라고 적혀 있어서 놀랐다. 학생 전체가 나 한 사람을 염탐하고 있는 것처럼 느껴졌다. 울적하기 그지없었다. 학생들이 무슨 소리를 하건, 하고 싶은 것을 하지 못할 내가 아니지만, 어쩌다가 어딜 가나 코끝이 부딪힐 만큼 좁아터진 곳에 왔나 싶어 한심했다. 그렇게 집에 가면 여지없이 골동품상이 밀고 들어온다.

4

학교에는 숙직 업무가 있는데 교원이 돌아가면서 맡는다. 단 너구리와 붉은 셔츠는 예외다. 왜 이 두 사람만 당연한 의무에서 빠지느냐고 묻자 고위 관직을 우대하는 제도 때문이란다. 가당치도 않다. 월급은 많이 가져가, 근무시간은 적어, 거기다 숙직까지 빠져나가다니 이런 불공평한 처사가 또 있을까. 자기들 마음대로 규칙을 정하고 그게 당연하다는 얼굴을 하고 있다. 뻔뻔하게 잘도 살아간다 싶다. 나는 이 제도에 불만이 많지만 가시도치에 따르면 혼자 아무리 불만을 늘어놓아봐야 소용없는 모양이다. 혼자든 둘이든 옳은 일은 통하기 마련이다. 가시도치는 'might is right'라는 영문을 끌고 와 나를 타이르려 했는데 무슨 소리인지 이해가 안 가서 물어보니 힘이 곧 법이라는 뜻이란다. 강자의 권리 정도는 나도 잘 안다. 이제 와서 가시도치의 강좌를 들을 것도 없다. 하지만 강자와 숙직은 다른 문제다. 더구나 너구리와 붉은 셔츠가 강자라니, 누가 그걸 인정할까. 아무튼 내 차례가 돌아왔다. 나는 원래 결벽증이 있어서 내 이부자리에서 편히 자지 않으면 잠을 잔 것 같지가 않다. 어릴 때부터 친구 집에서 자는 일도 거의 없었다. 친구 집도 싫은데 학교 숙직실이 좋을 리 없다. 하지만 이게 월급 40엔에 포함되어 있으니 별수 있나. 꾹 참고 하는 수밖에.

학생과 선생이 모두 떠난 학교에 멍하니 혼자 남아 있는 건 어지간히 맥 빠지는 일이다. 숙직실은 교실 뒤편에 있는 기숙사의 서쪽 끝에 있었다. 잠깐 들어가봤는데 정면으로 들이치는 석양이 눈부셔서 가만히 앉아 있을 수가 없었다. 시골의 가을이라 그런지 좀처럼 더위가 꺾이질 않는다. 시중드는 학생이 준비해 온 밥을 먹자니 맛이 없어도 너무 없다. 학생들은 그런 밥을 먹고도 용케 설쳐댔구나 싶다. 심지어 저녁밥이 일러서 4시 30분에는 정리가 끝났으니 그걸 먹고 다음 날까지 버텨야 한다. 호걸이 따로 없다. 밥은 먹었지만 해가 안 져서 잘 수도 없다. 잠시 온천에 다녀오고 싶었다. 숙직을 서면서 밖에 나가도 되는지 안 되는지는 잘 모르겠지만, 이렇게 우두커니 앉아 우울한 감옥살이나 하고 있을 수는 없었다. 첫날 학교에 와서 당직 교사가 어디 있냐고 소사에게 물었을 때, 일이 있어 잠깐 나갔다고 해서 이상하다고 생각했는데, 막상 내 일이 되고 보니 이해가 간다. 나가는 게 맞다. 내가 소사에게 잠깐 나갔다 오겠다고 했더니 무슨 급한 용무가 있으시냐고 물었다. "용무는 아니고 온천에 다녀오겠다" 하고는 얼른 나왔다. 빨간 수건을 하숙집에 놓고 온 게 아쉬웠지만 오늘은 온천장에서 빌리기로 하자.

되도록 천천히 탕에 들어갔다 나왔다 하다가 슬슬 해가 질 무렵 기차를 타고 고마치역에서 내렸다. 여기서 학교까지는 이삼백 걸음이다. 못 걸을 거리는 아니라 걷고 있는데 저쪽에서 너구리가 나타났다. 너구리도 기차로 온천에 가려는 것이리라. 헤적헤적 서둘러 걸어오더니 스쳐 지날 때 내 얼굴을 보기에 꾸벅 인사를 했다. 그러자 너구리가 사뭇 진지하게 묻는다. "선생은 오늘 숙직이 아니었던가요?" 아니었던가요, 이건 또 뭔가. 두 시간 전 나더러 "오늘 밤은 첫 숙직이겠네요. 수고하세요" 하고 인사까지 하지 않았나. 교장쯤 되면 원래 말을 빙빙 돌려서 하는가보다. 나는 화가 나서 "예, 숙직입니다. 숙직이니까 이제 학교로 가서 잠은 제대로 학교에서 자겠습니다"라고 하고는 걸어 나갔다. 다음 사거리에서는 가시도치와 맞닥뜨렸다. 정말이지 좁아터진 동네다. 길을 나서기만 하면 반드시 누구를 만난다. "어이, 자네 오늘 숙직 아닌가" 하고 묻기에 "네, 숙직입니다" 하고 대답하니, "숙직이 함부로 돌아다니면 쓰나" 하고 말했다. "무슨 문제 있습니까. 안 돌아다니는 게 더 문제입니다" 하고 괜히 목에 힘을 주어 말했다. "자네 고집도 못 당하겠군. 교장이나 교감이 보면 곤란해." 가시도치가 어울리지 않게 충고를 해대기에 "교장은 조금 아까 만났어요. 더울 때는 산책이라도 해야 숙직을 잘 서는 법이라고 칭찬을 하던데요." 대꾸하고는 귀찮아서 얼른 학교로 돌아왔다.

곧 날이 저물었다. 소사를 숙직실로 불러 두어 시간 이야기를 나누었는데 그것도 지겨워서 잠은 안 오지만 잠자리에 들자 싶었다. 잠옷으로 갈아입고 모기장을 친 뒤 붉은 담요를 들쳐서 엉덩이부터 털썩 주저앉은 다음 대자로 드러누웠다. 잘 때 엉덩이부터 털썩 주저앉는 건 어릴 때 생긴 내 버릇이다. 간다의 하숙집에 살 때 아래층 법률학교 학생이 아주 나쁜 버릇이라고 불평을 한 적이 있다. 법률학교 학생이라는 자들은 보통 체격은 비실비실해도 상당한 달변가라 지루한 소리를 장황하게 늘어놓기에 "잘 때 털썩털썩 소리가 나는 건 내 엉덩이에 문제가 있는 게 아니라 하숙집 건물이 허름한 탓이야. 따지고 싶으면 하숙집에 따져라" 하고 윽박질렀다. 이곳 숙직실은 2층이 아니라서 큰 소리로 털썩 쓰러져도 아무 상관이 없다. 되도록 세차게 쓰러지지 않으면 푹 잔 기분이 들지 않는다. "아, 상쾌하다" 하고 다리를 쭉 펴는데 두 다리로 뭔가가 달려들었다. 촉감이 까칠까칠한 게 벼룩도 아니다. 깜짝 놀라 이불 속에서 두세 번 다리를 털었다. 그러자 까칠까칠한 것들이 갑자기 늘어나 정강이에 대여섯 개, 허벅지에 두세 개, 엉덩이 밑에 빠직하고 깔린 것이 하나, 배꼽까지 올라온 것이 하나……. 나는 너무 놀라 벌떡 일어났다. 담요를 들추니 이불 속에서 메뚜기 오륙십 마리가 튀어 올랐다. 정체를 몰랐을 때는 두려웠지만 상대가 메뚜기라는 걸 알고 나니 울화가 치밀었다. 메뚜기 주제에 사람을 놀라게 했겠다. 두고 보자 싶어 재빨리 베개를 들고 두세 번 내리쳤다. 하지만 상대가 너무 작아서 세차게 내리친 것치고는 별 효과가 없었다. 하는 수 없어서 연말 대청소 때 돗자리 둘둘 말아 다다미를 내리치듯 베개를 들고 이불 위에 앉아 그 근방을 닥치는 대로 내리쳤다. 메뚜기가 베개의 기세에 놀라 이리 뛰고 저리 뛰며 내 어깨와 머리와 코끝까지 들러붙고 부딪히고 난리였다. 얼굴에 붙은 녀석은 베개로 내리칠 수도 없어서 손으로 잡아 있는 힘껏 패대기쳤다. 아무리 애를 써도 메뚜기가 뛰어오른 곳이 모기장 안이라 모기장만 둥실 움직일 뿐 효과가 조금도 없었다. 떨어져 나간 메뚜기는 죽지도 않고 모기장에 붙어 있었다. 삼십 분쯤 지나 가까스로 메뚜기를 퇴치했다. 빗자루를 가져와 메뚜기의 사체를 쓸어 담았다. 소사가 와서 무슨 일이냐고 묻기에 "무슨 일이기는. 숙직실 방바닥에 메뚜기를 키우는 놈이 어디 있냐, 이 멍청아!" 하고 혼을 냈더니 자기는 모르는 일이란다. 모르면 다냐고 빗자루를 내던지자, 소사는 주뼛주뼛 빗자루를 집어 들고 밖으로 나갔다.

나는 곧장 기숙생 세 명을 대표로 불러들였다. 그런데 여섯 명이 나타났다. 여섯 명이든 열 명이든 겁날 줄 알고. 잠옷을 입은 채 팔짱을 끼고 담판을 벌였다.

"어째서 메뚜기를 내 이부자리에 넣었느냐."

"메뚜기가 뭐대유?" 제일 앞에 있던 놈이 말했다. 기분 나쁘게 침착하다. 이 학교는 교장만 그런 게 아니라 학생도 빙 둘러서 말을 한다.

"메뚜기를 모르나. 모르면 보여주지." 둘러보니 아까 다 쓸어버려서 한 마리도 안 남았다. 다시 소사를 불러 "아까 그 메뚜기를 가져와"라고 하자, "벌써 쓰레기장에 버렸는데요. 도로 주워 올까요?" 한다. "응, 당장 주워 와"라고 하자 소사는 서둘러 밖으로 달려 나가 이윽고 죽은 메뚜기 열 마리 정도를 종이 위에 올려 왔다. "밤이라 이것밖에 못 찾았어요. 내일

날이 밝으면 더 주워 올게요" 한다. 소사마저 바보다. 나는 메뚜기 한 마리를 학생에게 보여주며 말했다. "이게 메뚜기라는 거다. 다 큰 놈들이 메뚜기도 모르다니, 나 원 참." 그러자 제일 왼쪽에 있던 얼굴이 동그란 녀석이 "거는 뫼띠기잖여유" 하고 건방지게 말로 이기려 들었다. "멍청한 놈, 뫼띠기가 메뚜기지. 그보다 선생님 앞에서 말투가 그게 뭐냐. 무슨 기름도 아니고 맨 유유거리고 있어." 이번에는 거꾸로 내가 말로 걸고넘어지니 "잖여유랑 기름 유는 다르잖여유" 한다. 죽을 때까지 유유거릴 놈이다.

"뫼띠기든 메뚜기든 내 이불 속에 집어넣은 이유가 뭐야. 내가 언제 메뚜기를 넣어달라고 부탁하더냐."

"즈이들은 안 넣었는디유."

"안 넣었는데 어째 내 이불 속에 있어."

"뫼띠기는 뜨신 데를 좋아허니께 지들이 알아서 들어갔겄쥬."

"그걸 말이라고 해? 메뚜기가 저 혼자 들어왔다고? 이번 일은 그냥 안 넘어간다. 자, 왜 이런 장난질을 했는지 어서 실토해."

"허지두 않은 짓을 어찌 실토한대유."

좀팽이 같은 자식들이다. 자기가 벌인 짓을 실토 못 할 거면 애초에 하지를 말았어야지. 증거만 없으면 끝까지 딱 잡아

뗄 심산이다. 나도 중학생 때는 장난질을 약간 했다. 하지만 누구 짓이냐고 물었을 때 꽁무니를 빼는 비겁한 행동은 한 번도 안 했다. 한 짓은 한 짓이고, 안 한 짓은 안 한 짓이다. 나는 아무리 장난을 쳐도 결백하다 이 말이다. 거짓말로 벌을 피할 거라면 처음부터 장난질을 하지 말든가. 장난과 벌은 쌍으로 따라온다. 벌이 있으니 장난도 마음 편히 칠 수 있다. 장난만 치고 벌은 피하려는 비열한 근성은 어느 동네 유행이냐. 돈을 빌려놓고 안 갚는 것도 분명 이런 녀석들이 졸업해서 하는 짓이다. 애초에 중학교는 왜 들어왔나. 학교에 와서 거짓말을 하고, 남을 속이고, 뒤에서 몰래 시건방진 장난을 치고, 그러고는 거만한 낯짝으로 졸업을 해서 교육 좀 받았다고 착각하겠지. 상대할 가치도 없는 피라미 같은 놈들이다.

썩어빠진 것들과 상대를 하고 앉아 있자니 내 기분만 더러워져서 "말하기 싫다면 됐다. 중학교씩이나 들어와서 품위 없이 저질스럽게 구는 너희들이 딱하다" 하고는 여섯 명을 쫓아냈다. 나라고 말과 행동이 그리 품위 있는 것은 아니지만 마음만은 이 녀석들보다 훨씬 더 품위 있다. 여섯 명은 유유히 물러났다. 겉모습은 교사인 나보다 훨씬 더 점잖아 보인다. 차분하게 구니까 더 기분 나쁘다. 나한테는 도무지 저 정도의 담력이 없다.

그런 다음 다시 잠자리에 누웠는데, 이번에는 아까 그 소동으로 들어온 모기가 모기장 안에서 앵앵댔다. 촛불을 켜서 한 마리씩 태워 죽이는 건 너무 귀찮다. 금속 고리를 빼서 모기장을 떼어내고 기다랗게 접은 다음 방 안에서 탈탈 털다가 뾰족한 고리가 손등을 내리쳐서 악 소리가 날 만큼 아팠다. 세 번째로 자리에 누웠을 때는 어느 정도 안정이 되었지만 좀처럼 잠이 오지 않았다. 시계를 보니 10시 30분이다. 내가 어쩌다가 이렇게 성가신 곳으로 흘러 들어왔을까. 도대체가 어딜 가든 이런 꼴을 당해야 한다면 중학교 선생이라는 직업은 정말이지 불쌍하다. 다들 잘도 선생을 하는구나. 듬직하고 참을성이 좋은 사람이나 할 수 있으리라. 나 같은 놈은 도저히 무리다. 그러고 있으려니 기요 할멈 생각이 났다. 그 할머니는 정말로 훌륭한 분이다. 교육은 못 받았지만 인간으로서는 무척 고귀하다. 그토록 신세를 졌으면서 이제껏 크게 고맙다는 생각이 들지 않았는데, 이렇게 먼 곳에 홀로 와 있다 보니 그 친절이 새삼 가슴에 사무친다. 에치고 댓잎엿이 먹고 싶다면 일부러 에치고까지 가서 사다드려도 좋을 만큼 훌륭한 분이다. 할멈은 내가 욕심이 없고 솔직한 성격이라며 칭찬했지만, 칭찬받은 나보다 칭찬하는 당신이 훨씬 더 훌륭한 인간이다. 기요 할멈이 보고 싶다.

기요 할멈을 생각하며 뒤척이는데, 갑자기 머리 위에서 머릿수로 치면 삼사십 명쯤 되는 인간들이 2층이 주저앉도록 마룻바닥을 발로 쿵, 쿵, 쿵 구르는 소리가 들렸다. 곧이어 발소리만큼 큰 함성이 들렸다. 나는 무슨 일이 벌어졌나 싶어 벌떡 일어났다. 일어나자마자 아까 찾아온 학생들이 나한테 복수를 하려고 날뛰는 거라는 데 생각이 미쳤다. 자기들이 저지른 짓을 잘못했다고 말하지 않는 이상 죄는 사라지지 않는 법이다. 나쁜 짓을 했다는 것은 자기들도 알 터다. 제대로 된 놈들이라면 자고 일어나서 후회가 되어 내일 아침에라도 사과를 하러 와야 한다. 사과는 안 하더라도 죄송한 마음을 품고 정숙하게 잠들어야 한다. 그런데도 이 소란은 뭐란 말인가. 기숙사가 돼지우리도 아니고. 미치광이 같은 짓도 정도껏이지. 가만두지 않겠다는 마음에 잠옷 바람으로 숙직실을 뛰쳐나와 세 걸음 반 만에 2층으로 뛰어올랐다. 그런데 이상한 일도 다 있지. 분명 지금까지 머리 위에서 쿵쾅쿵쾅 날뛰던 소리가 갑자기 조용해져서 사람 목소리는커녕 발소리도 안 났다. 기묘한 일이다. 등불은 이미 꺼지고 어두워서 어디에 뭐가 있는지도 알 수 없었지만 사람이 있는지 없는지 정도는 대충 분간이 갔다. 동에서 서로 길게 뻗은 복도에는 쥐새끼 한 마리도 없었다. 복도 끝에 달빛이 들이쳐 어렴풋이 밝을 뿐이다. 참 이상한 일이다. 어릴 때부터 꿈을 잘 꾸는 나는 잠결에 벌떡 일어나 알 수 없는 잠꼬대로 사람들을 웃긴 적이 자주 있었다. 열예닐곱 무렵에 다이아몬드 줍는 꿈을 꾼

밤에는 벌떡 일어나 옆에 있던 형에게 "방금 그 다이아몬드 어디 갔어?" 하고 진짜처럼 따져 물었을 정도다. 그때는 사흘 내내 집안의 웃음거리가 되어 난처했다. 어쩌면 방금 일도 꿈일지 모른다. 하지만 누군가 날뛴 게 분명하다 싶어 복도 한가운데 서서 생각에 잠겨 있었다. 그러자 달빛이 들이치는 곳 너머에서 삼사십 명 정도가 "하나, 둘, 셋, 와아!" 하고 소리치더니 아까처럼 박자에 맞춰 마룻바닥을 쿵쾅거렸다. 그것 봐라, 역시 꿈이 아니라 진짜다. "조용히 해라! 한밤중이다!" 나도 지지 않고 고함을 치며 소리 나는 쪽으로 냅다 달렸다. 내가 지나가는 길은 어두웠고, 저편에 달빛 드리운 언저리가 목표였다. 서너 걸음 달렸을까, 복도 한가운데서 크고 단단한 물체에 정강이를 부딪혔다. 아픔을 느낄 새도 없이 몸이 앞으로 꽈당 하고 쓰러졌다. 이런 제기랄! 일어났지만 달릴 수가 없다. 마음은 급했지만 다리가 말을 듣지 않았다. 다급해서 깽깽이걸음으로 뛰어가보니 발소리도 목소리도 잠잠해져서 쥐 죽은 듯 조용했다. 인간이 아무리 비겁하기로서니 이렇게 비겁할 수가 있나. 돼지가 따로 없다. 이렇게 된 이상 숨어 있는 놈들을 끄집어내서 용서를 빌게 해야겠다고 마음먹고 침실 문 하나를 열어 검사하려 했지만 문이 열리지 않았다. 걸쇠로 잠갔는지, 책상이나 뭐 다른 것을 쌓아놓았는지 아무리 밀어도 열리지 않았다. 이번에는 맞은편에 있는 북쪽 방을 시도했다. 역시나 안 열린다. 어찌어찌 문을 열고서 안에 있는 녀석들을 붙잡으려고 진땀을 빼고 있는데, 이번에는 동쪽 끝 방에서 함성과 함께 발 구르는 소리가 시작되었다. 이놈들이 다 같이 짜고서 나를 바보로 만들 속셈이구나. 상황은 파악되었지만 어떻게 해야 좋을지 몰랐다. 솔직히 고백하자면 나는 힘에 비해 지혜가 부족하다. 이럴 때는 정말 어떻게 하면 좋을지 모르겠다. 모르겠지만 질 생각은 없다. 이대로 물러선다면 내 체면이 말이 아니다. 근성 없는 에돗코라는 말은 죽기보다 듣기 싫다. 숙직을 서며 코흘리개 애송이들에게 놀림을 받고, 손쓸 도리가 없어 울며 겨자 먹기로 잠이 든다면 평생의 수치다. 이래 봬도 근본은 쇼군 직속 무사 하타모토다. 더 거슬러 올라가면 세이와 겐지에 다다노 만주•의 후예다. 이런 시골 촌놈들하고는 태생부터가 다르다. 다만 애석하게도 지혜가 부족할 뿐이다. 어떻게 해야 좋을지 모르겠다. 하지만 방책이 없다고 질 수야 있나. 정직하니까 어떻게 해야 좋을지 모르는 거다. 생각해봐라. 세상에 정직 말고 달리 무엇이 이기겠는가. 오늘 밤 이기지 못하면 내일 이기면 된다. 내일 이

• 헤이안 시대 무장 미나모토노 미쓰나카(912~997)를 이르며 세이와 겐지를 번성시킨 책략가로 알려진 인물이다. 겐지의 여러 씨족 중에서도 세이와 겐지의 후손은 숙적인 헤이케 가문과의 싸움에서 살아남아 관동 지역으로 진출해 가마쿠라 막부를 열었다.

기지 못하면 모레 이기면 된다. 모레 이기지 못하면 하숙집에 도시락을 배달시켜서라도 이길 때까지 여기 있겠다. 그렇게 결심을 하고 복도 한가운데 버티고 앉아 날이 밝기를 기다렸다. 모기가 앵앵 날아들었지만 끄떡없었다. 아까 부딪힌 정강이를 만져보니 끈적끈적하다. 피가 나는 것 같다. 피 따위 나올 테면 나오라지. 그러는 사이에 밤새 쌓인 피곤이 몰려와 꾸벅꾸벅 졸고 말았다. 주변이 소란스러워 잠에서 깼을 때는, 이런 젠장, 졸았군, 싶어 눈이 퍼뜩 떠졌다. 내가 앉아 있던 오른쪽 문이 반쯤 열리고 학생 두 명이 내 앞에 섰다. 정신을 차리고 코앞에 있던 학생의 다리를 꽉 쥐어 힘껏 잡아당겼더니 녀석이 꽈당 하고 뒤로 나자빠졌다. 꼴좋다. 다른 한 놈은 얼핏 당황하기에 달려들어 어깨를 잡고 두세 번 흔들자 기가 질려 눈을 깜박거렸다. "자, 어서 내 방으로 가자" 하고 끌고 가니 겁보인지 두말없이 따라왔다. 날은 한참 전에 밝았다.

숙직실로 데려온 녀석을 추궁했지만, 돼지는 때려도 돼지인지라 "지는 몰러유" 하고 내빼기만 할 뿐 자백을 안 한다. 그러는 사이에 한 놈이 오고 두 놈이 오더니 2층에 있던 학생들이 전부 숙직실로 모여들었다. 둘러보니 다들 졸린 듯 눈꺼풀이 무거웠다. 같잖은 놈들이다. 하룻밤 못 잤다고 저 꼴이라니. 세수라도 하고 오라고 했지만 아무도 가지 않았다.

오십 명을 상대로 한 시간 정도 실랑이를 하고 있으니 너구리가 불쑥 튀어나왔다. 나중에 들어보니 소사가 소동이 벌어졌다며 일부러 알리러 갔다고 한다. 이 정도 일로 교장을 부르다니 물러터진 놈이다. 그러니까 중학교 소사나 하고 있는 거다.

교장은 내 설명을 쭉 듣고 학생들의 변명도 잠깐 들었다. "추후에 처분을 내릴 때까지는 평소와 다름없이 학교에 다녀라. 얼른 세수하고 아침을 먹지 않으면 지각할 테니 움직여." 그러면서 기숙생들을 모두 풀어주었다. 솜방망이 처벌이다. 나라면 기숙생들을 그 자리에서 퇴학시켰다. 저렇게 우유부단하니까 학생들이 숙직 선생을 바보로 안다. 그러더니 나더러 "선생도 꽤 걱정되고 지치셨겠습니다. 오늘 하루 수업은 건너뛰셔도 됩니다" 했다. "아니요, 조금도 걱정 안 됩니다. 이런 일이 매일 밤 일어난다 해도 목숨이 붙어 있는 한 걱정 안 합니다. 수업은 하겠습니다. 하룻밤 못 잤다고 수업을 못 한다면 받은 월급의 일부를 돌려드리겠습니다." 교장은 무슨 생각인지 내 얼굴을 빤히 들여다보더니 "하지만 얼굴이 상당히 많이 부으셨습니다" 하고 주의를 주었다. 그러고 보니 어쩐지 묵직한 기분이다. 게다가 얼굴 전체가 가렵다. 모기한테 사정없이 물어뜯긴 모양이다. 나는 얼굴을 벅벅 긁으며, "얼굴이 아무리 부었다 한들 입은 돌아가니 수업을 빼먹지는 않겠습니다" 했다. 교장은 웃으며 "혈기가 왕성하십니다" 하고 칭찬을 했다. 속으로는 칭찬한 게 아니라 비웃었겠지.

5

"낚시하러 가지 않겠나?" 붉은 셔츠가 나에게 물었다. 붉은 셔츠는 찝찝할 정도로 간드러지는 목소리를 내는 작자다. 남자인지 여자인지 구분이 안 간다. 대장부의 기상은 어디로 갔나. 대학까지 졸업한 자가 아닌가. 물리학교를 나온 나도 이 정도 목소리를 내는데 문학사가 저 지경이라니 꼴사납다.

내가 "글쎄요" 하고 선뜻 안 내킨다는 투로 대답했더니, "낚시해본 적은 있고?"라며 예의라고는 없는 질문을 한다. "많지는 않지만 어릴 때 고메 낚시터•에서 붕어를 세 마리 잡은 적이 있습니다. 그리고 가구라자카의 비사문천 잿날에 팔뚝만한 잉어를 바늘 하나로 잡아서 얼씨구나 했는데 잠깐 사이에 첨벙 놓쳐버린 게 아직까지 아쉽습니다." 내 말에 붉은 셔츠는 턱을 앞으로 내밀며 오호호 웃었다. 뭐가 그렇게 재미있는지 모르겠다. "그렇다면 아직 낚시의 묘미를 모르겠군. 원한다면 한 수 가르쳐주겠네." 어지간히 잘난 체다. 누가 따라갈 줄 알

• 스미다강 인근의 유료 낚시터.

고. 본디 낚시나 사냥을 즐기는 인간들은 비정하다. 그렇지 않고서야 살생을 즐거워할 리가 없다. 물고기든 새든 당연히 죽기보다야 살기가 좋다. 낚시나 사냥으로 생계를 이어가야 한다면 다른 이야기지만, 아무 부족함 없이 살면서 생명을 죽여야 직성이 풀린다니 사치스러운 소리다.

생각은 그렇게 해도 저쪽은 문학사이니만큼 말로 따지고 들어오면 배겨낼 재간이 없을 것 같아 입 다물고 있었다. 그러자 나를 포섭한 것으로 착각해서는, "말이 나온 김에 바로 전수해주지. 시간 괜찮으면 오늘 어떤가. 같이 가세. 요시카와 군하고 단둘이서만 가면 쓸쓸하니까" 하고 끈질기게 물고 늘어졌다. 요시카와 군은 앞서 말한 미술 교사 살살이다. 살살이는 붉은 셔츠 집에 조석으로 드나들며 어디든 따라붙었다. 동료라기보다 주종 관계다. 붉은 셔츠가 가는 곳이라면 살살이가 안 갈 리 없으니 새삼 놀랄 일도 아니지만 둘이 가면 될 것을 어째서 무뚝뚝한 나까지 끌어들이려는 것일까. 오만한 낚시광이 나한테 물고기 잡는 모습을 과시하려는 속셈이리라. 그런 걸로 사람을 치켜세워줄 내가 아니다. 참치를 두세 마리 잡는다 한들 눈이나 깜박할 줄 알고. 나도 인간이다. 아무리 못한다 해도 줄만 늘어뜨리면 뭐든 걸리겠지. 지금 안 간다고 하면 싫어서 안 가는 게 아니라 못해서 안 가는 줄 알고 나를 얕잡아 볼 것이다. "갑시다." 내가 대답했다.

학교를 마치고 일단 집에 와서 준비를 한 뒤 역에서 붉은 셔츠와 살살이를 만나 해변으로 갔다. 도쿄 근방에서는 본 적 없는 좁고 기다란 배에 뱃사공이 타고 있었다. 아까부터 배 안을 둘러봐도 낚싯대라고는 보이지 않았다. 어쩔 셈인가 싶어 살살이에게 물어보니, "바다낚시에는 낚싯대가 필요 없어요. 줄만 있으면 되거든요" 하고 잘난 척을 했다. 턱을 문지르며 말하는 꼴이 영락없는 전문가 행세다. 안 물어보는 게 나을 뻔했다.

뱃사공은 천천히 노를 저었지만 숙련된 힘은 무시할 수 없어서 돌아보니 벌써 해변이 자그마하게 보였다. 고하쿠지 오층탑이 수풀 위로 뾰족 튀어나와 마치 바늘 끝 같았다. 바다 쪽을 보니 작고 푸른 섬 아오시마가 보였다. 사람이 살지 않는 섬이라고 했다. 자세히 보면 돌과 소나무뿐이다. 돌과 소나무뿐이라면 사람이 살기도 어려우리라. 붉은 셔츠는 연신 "경치가 참 좋군" 한다. 살살이는 "절경이네요" 한다. 절경인지 어떤지는 모르겠지만 기분이 좋은 건 확실했다. 드넓은 바다 위로 불어오는 바닷바람이 몸에 좋은 약처럼 느껴졌다. 그나저나 배가 고프다.

"저 소나무 좀 보게. 줄기가 곧고 그 끝은 우산처럼 펼쳐진 게 꼭 터너 그림에서 튀어나온 것 같군." 붉은 셔츠가 살살이에게 말하자 살살이는 "정말 터너네요. 저 휘어지는 모양새가 영락없이 터너 그림입니다. 달리 볼 수 없는 기교지요" 하고 아는 체를 했다. 터너가 뭔지는 모르지만 별로 알고 싶지도 않아서 입을 다물고 있었다. 배가 섬 오른쪽으로 빙 돌았다. 파도가 전혀 없다. 이래서는 바다라고 믿지 못할 정도로 잔잔하다. 붉은 셔츠 덕분에 상쾌한 기분을 누렸다. 가능하면 섬에 올라가보고 싶어서 바위가 있는 곳에 배를 댈 수 없겠느냐고 묻자 "대지 못할 것은 없지만 낚시하는 데는 물가가 별로라네" 하고 붉은 셔츠가 이의를 제기했다. 나는 묵묵히 듣고 있었다. 그러자 살살이가 "교감 선생님, 우리 앞으로 저 섬을 터너섬이라고 부르는 게 어떨까요?" 하고 시답지 않은 제안을 했다. "그것참 재미있군. 찬성이네. 앞으로 우리 저 섬을 그렇게 부르세." 붉은 셔츠가 말했다. 우리에 나까지 포함시키면 곤란하다. 나는 아오시마로 충분하다. "저 바위 위에 라파엘로의 마돈나를 세우면 어떨까요? 멋진 그림이 될 겁니다." 살살이의 알랑거리는 말에 붉은 셔츠는 "마돈나 이야기는 그만두게. 오호호" 하고 기분 나쁘게 웃었다. "뭐 어떻습니까? 아무도 없는데요. 괜찮습니다." 그러면서 살살이는 일부러 내 쪽으로 고개를 돌리고 히죽히죽 웃었다. 마돈나든 코단나•든 내

• '주인의 아들'을 이르는 말. '나'로 끝나는 세 음절 단어를 가져와 말장난을 하고 있다.

알 바인가. 멋대로들 해라 싶으면서도 듣는 사람이 모르는 소리를 해대니까 기분이 나빴다. 아무것도 모르는 사람은 들어도 상관없다는 투다. 품위 없는 행동이다. 그런 주제에 자기도 에돗코란다. 마돈나는 붉은 셔츠가 자주 찾는 게이샤의 별명인 게 분명하다. 친한 게이샤를 불러 무인도 소나무 아래 세워둔다 한들 무슨 문제겠나. 살살이가 유화로 그려 출품이라도 하면 그만이다.

"이 부근이 좋겠지요." 뱃사공이 배를 멈추고 닻을 내렸다. "수심이 어느 정도입니까?" 붉은 셔츠가 물었다. "10미터쯤 될 겁니다." "10미터라면 도미는 어렵겠는데." 붉은 셔츠가 바다로 줄을 던지며 말했다. 이 작자는 도미라도 낚을 생각이었나. 대담하기도 하다. "교감 선생님 실력이면 잡을 수 있고말고요. 파도도 잔잔하니까요." 살살이가 옆에서 알랑거리며 자기도 줄을 풀어 바다에 드리웠다. 줄 끝에는 추 같은 납덩이가 달려 있을 뿐 찌가 없었다. 찌 없이 낚시를 한다는 건 온도계 없이 기온을 재는 일이나 마찬가지다. 애초에 내가 할 수 있을 리가 없다는 생각에 그저 보고만 있는데, "자, 선생도 해보게. 줄은 있나?" 하고 붉은 셔츠가 물었다. "줄은 차고 넘칠 만큼 있지만 찌가 없습니다"라고 하자 "찌가 있어야 낚시를 한다는 건 초짜들이나 하는 소리지. 이렇게 줄을 바다 밑으로 늘어뜨리고 뱃전에 서서 검지로 적당한 시기를 가늠하는 걸세. 물고기가 물면 손에 바로 느낌이 오지. 어, 벌써 왔군"이란다. 그러면서 줄을 곧장 잡아당기기에 뭐가 잡힌 줄 알았는데 아무것도 안 잡히고 미끼만 사라졌다. 꼴좋다. "교감 선생님, 진짜 아깝네요. 방금 건 분명 큰 놈이었는데 말입죠. 교감 선생님 같은 베테랑이 놓치시는 걸 보니 오늘은 정신 바싹 차려야겠습니다. 하지만 놓치더라도 찌하고 눈싸움이나 하는 것보다야 낫죠. 브레이크 없이는 자전거도 못 탈 사람들이니까요." 살살이가 묘하게 신경을 건드렸다. 한 대 걷어차줄까 싶었다. 나도 인간이다. 교감 혼자 전세 낸 바다도 아니고 바다는 넓다. 하다못해 가다랑어 한 마리 정도는 걸리겠지 하고 낚시 추를 첨벙 던져 넣고 손끝으로 대충 줄을 놀리고 있었다.

얼마 후 줄에 툭툭 걸리는 게 있었다. 나는 생각했다. 이 녀석은 틀림없이 물고기다. 살아 있지 않고서야 이렇게 실룩거릴 리가 없다. 걸려들었구나 싶어 줄을 세차게 끌어당겼다. "어이쿠, 잡았나보군요. 이래서 초심자가 더 무섭다니까요." 살살이가 비꼬는 동안에도 줄은 계속 끌려와 수심 1~2미터 부근까지 올라왔다. 뱃전에서 들여다보니 금붕어처럼 생긴 무늬를 가진 물고기가 줄에 매달려 좌우로 파닥거리며 손이 가는 대로 따라왔다. 재미있다. 수면에서 튀어 오르며 퍼덕거린 탓에 내 얼굴이 바닷물로 흠뻑 젖었다. 간신히 붙잡아 바늘을 빼려 했지만 좀처럼 빠지지 않았다. 물고기를 잡은 손이

미끈미끈했다. 이만저만 징그러운 게 아니다. 귀찮아서 바닥에 힘껏 줄을 내리쳤더니 물고기가 금세 죽어버렸다. 붉은 셔츠와 살살이가 깜짝 놀라 돌아보았다. 나는 바닷물에 손을 넣어 찰방찰방 씻은 뒤 코끝에 대보았다. 아직도 비릿한 냄새가 난다. 이제 지긋지긋하다. 아무리 대어를 낚는다 해도 물고기는 손으로 잡을 게 못 된다. 물고기도 잡히고 싶지 않으리라. 서둘러 줄을 감아버렸다.

"포문을 연 건 훌륭하지만 겨우 고루키•였네." 살살이가 건방진 소리를 하자 붉은 셔츠가 "고루키라니 러시아 문학가 같군" 하고 신소리를 했다. "맞습니다. 진짜 러시아 문학가예요." 살살이는 숨도 안 쉬고 맞장구를 쳤다. 고루키는 러시아 문학가고, 마루키는 시바의 사진가고, 고메노나루키는 생명의 은인이겠지.•• 도대체가 붉은 셔츠는 아무나 붙잡고 외국 사람 이름을 대는 나쁜 버릇이 있다. 인간에게는 누구나 각자 전공이라는 게 있다. 나 같은 수학 교사가 고루키인지 샤리키•••인

• 놀래기의 일종인 바닷물고기를 가리키는 일본어.

•• '키'로 끝나는 명사를 끄집어내 비꼬고 있다. 러시아 문학가는 막심 고리키(1868~1936, 옛 서적에서는 고루키라고 표기했다), 시바의 사진가는 일본 최초로 도쿄에 스튜디오를 세운 마루키 리요(1854~1923)를 말하고, '쌀이 나는 나무'라는 뜻의 고메노나루키는 오카야마 구전민요로, 메이지 초 만담 극장에서 자주 쓰였다.

••• '짐수레꾼'을 뜻하는 일본어.

지 알 턱이 없다. 조금은 배려를 해달라는 말이다. 정 하고 싶으면《프랭클린 자서전》이라든가《푸싱 투 더 프런트》처럼 나도 아는 이름을 대든가.• 붉은 셔츠는 종종《제국문학》••이라는 새빨간 잡지를 학교에 들고 와서는 소중한 척 아껴가며 읽는다. 가시도치한테서 듣자 하니 붉은 셔츠가 떠들어대는 외국 사람의 이름은 전부 그 잡지에서 나온다고 한다.《제국문학》도 죄가 있다.

그 뒤로도 붉은 셔츠와 살살이는 열심히 낚시를 했고 둘이서 한 시간 만에 열댓 마리를 낚았다. 웃기는 건 낚을 때마다 고루키만 올라왔다. "도미는 코빼기도 안 보여. 오늘은 러시아 문학의 날인가보군." 붉은 셔츠가 살살이에게 중얼거렸다. "교감 선생님 실력으로도 맨 고루키니까 저 같은 놈은 꼼짝없이 고루키네요. 당연합니다." 살살이가 대답했다. 뱃사공 말로는 작고 가시가 많은 데다 맛도 없어서 먹을 수 없단다. 거름으로는 쓸 수 있다고 한다. 붉은 셔츠와 살살이는 열심히 거름을 낚은 셈이다. 참으로 딱하다. 나는 한 마리로도 넌더리가 나서 아까부터 배 한복판에 드러누워 하늘을 올려다보

• 각기 미국의 정치가 벤저민 프랭클린(1706~1790)과 미국의 사업가 오리슨 스웨트 마든(1848~1924)의 책으로, 당시 중학교 교과서로 쓰였다.

•• 도쿄 제국대학 문학부에서 만든 잡지로, 소세키와도 인연이 깊다.

고 있었다. 낚시보다는 이게 훨씬 운치 있다.

그러고 있는데 두 사람이 소곤소곤 무슨 이야기를 나누기 시작했다. 내게는 잘 안 들렸고 듣고 싶지도 않았다. 나는 하늘을 올려다보며 기요 할멈을 생각하고 있었다. 돈만 있으면 기요 할멈과 이렇게 경치 좋은 곳으로 놀러 오고 싶다. 얼마나 즐거울까. 아무리 경치가 좋아도 살살대는 놈하고 같이 있으려니 죽을 맛이다. 기요 할멈은 주름이 자글자글한 할머니지만 어디를 함께 가도 부끄럽다는 생각이 들지 않는다. 마차를 타든 배를 타든 료운카쿠•에 오르든 살살이 같은 놈하고는 따로 가고 싶다. 살살이는 내가 교감이고 붉은 셔츠가 나였다면, 마찬가지로 나에게 졸랑졸랑 까불며 아부를 하고 붉은 셔츠를 무시했을 게 분명하다. 에돗코는 경박하다는 말이 있지만 이런 놈이 전국을 돌며 본토박이 도쿄 출신이라고 떠벌리고 다닌다면, 경박함은 모조리 에돗코의 몫이 된다. 이런 생각을 하고 있는데 무슨 일인지 두 사람이 키득키득 웃기 시작했다. 웃음소리 사이사이로 말소리가 툭툭 끊겨서 잘 알아들을 수 없었다.

"그래? 어떨까……." "……진짭니다. ……모르는 게 ……죄지요." "설마……." "메뚜기를…… 그렇다니까요."

• 도쿄의 아사쿠사 공원에 있던 팔각형의 십이층탑.

다른 단어는 귀에 안 들어왔지만 살살이 입에서 메뚜기라는 말이 나온 순간, 나도 모르게 몸이 얼어버렸다. 어째서인지 살살이는 메뚜기라는 낱말에 특히 더 힘을 주어 명료하게 내 귀에 들어오게끔 하고는, 그다음은 일부러 말끝을 흐렸다. 나는 꼼짝하지 않고 듣고 있었다.

"아니, 그 홋타가……." "그럴지도 모르지……." "튀김을……으하하." "……선동을 해서……." "경단도?"

말은 툭툭 끊겼지만 메뚜기니 튀김이니 경단이니 하는 말로 미루어보아 둘이서 몰래 내 이야기를 하는 게 틀림없다. 기왕 말을 할 거면 더 크게 해라. 둘이 쑤군댈 거면 나는 왜 불렀나. 진저리가 난다. 메뚜기든 메추리든 내 잘못이 아니다. 교장이 우선 자기한테 맡기라고 하니까 너구리 얼굴을 봐서 당장은 자리를 비켜준 것이다. 살살이 주제에 어디서 수군덕질이냐. 구석에서 붓이나 물고 있을 일이지. 내 일은 내가 알아서 해결할 테니 상관없지만, 그 홋타가, 라든가 선동을 해서, 같은 말이 신경 쓰였다. 홋타가 나를 선동해서 일을 키웠다는 말인지, 홋타가 학생들을 선동해서 나를 괴롭혔다는 말인지 알 수가 없다. 푸른 하늘을 바라보는데 햇살이 조금씩 약해지면서 쌀쌀한 바람이 불어왔다. 향불 연기 같은 구름이 청명한 하늘로 조용히 흘러가는가 싶더니, 어느새 바닥으로 내려와 옅은 물안개를 피웠다.

"그만 갈까." 붉은 셔츠가 생각난 듯 말하자 살살이가 "네, 마침 해가 저무네요. 오늘 밤은 마돈나를 만나러 가십니까?" 한다. "쓸데없는 소리 마. 저 친구가 오해하겠어." 뱃전에 기대 있던 몸을 바로 하며 붉은 셔츠가 말했다. "에헤헤, 괜찮습니다. 들어도 뭐……" 하고 살살이가 나를 흘끗 돌아본 순간, 나는 눈을 부릅뜨고 녀석을 정면으로 노려보았다. 살살이는 눈을 찌푸리고 고개를 돌리며, "아이고, 항복이다" 하고 움츠린 머리를 긁적거렸다. 인간이 저렇게 주변머리가 없어서야.

배는 조용히 해안으로 노 저어 갔다. "자네, 낚시는 별로 안 좋아하나보군." 붉은 셔츠가 말했다. "네, 누워서 하늘을 보는 게 더 좋습니다." 나는 그렇게 대답하며 태우던 궐련초를 바다에 던졌다. 꽁초가 치익 소리를 내며 노 사이로 갈라지는 물결 위에서 찰랑거렸다. "자네가 와서 학생들이 아주 좋아하니 계속 열심히 해주게." 이번에는 낚시하고는 전혀 상관없는 이야기를 끄집어냈다. "별로 안 좋아하던데요." "아닐세, 듣기 좋으라고 하는 말이 아니야. 정말로 좋아하고 있어. 안 그런가, 요시카와 군." "좋아하는 정도가 아니죠. 아주 난리가 났습니다." 살살이가 빙글빙글 웃었다. 이 녀석은 입만 열만 내 심기를 건드리니 저것도 기술이다. "하지만 조심해야 하네. 안 그러면 위험해." 붉은 셔츠가 말했다. "어차피 이러나저러나 다 위험합니다. 이렇게 된 이상 위험도 각오하고 있습니다." 내가 대꾸했다. 나는 실제로 내가 면직을 당하든 기숙생 전원이 사과를 하든 둘 중 하나는 할 각오다. "그렇게 나오면 할 말은 없네만, 실은 나도 교감으로서 자네를 위해서 하는 소리니 기분 나쁘게 듣지는 말게." "교감 선생님은 당신한테 제대로 호의를 갖고 있어요. 나도 미흡하지만 같은 도쿄 출신이고 하니까 선생이 되도록 학교에 오래 남았으면 싶고, 서로 힘이 되었으면 해서, 뒤에서 최선을 다해 애쓰고 있어요." 살살이가 사람 좋은 얼굴로 말했다. 살살이의 신세를 질 정도라면 목을 매고 죽는 게 낫다.

"그래서 말이지, 학생들은 자네가 온 걸 대단히 환영하고 있지만, 거기에는 이런저런 사정이 있네. 자네도 화나는 일이 있겠지만, 이번에는 꾹 참고 견뎌주게. 자네한테 해가 될 일은 결코 하지 않을 테니."

"이런저런 사정이라니 무슨 말씀인지요?"

"그게 약간 복잡하게 얽혀서 말이지. 뭐, 내가 말 안 해도 차차 알게 될 걸세. 그렇지요, 요시카와 군?"

"네, 상당히 얽히고설킨 문제라. 하루 이틀 만에 풀 수 있는 게 아닙니다. 하지만 차차 알게 될 겁니다. 말 안 해도 자연히 알게 될 거예요." 살살이는 붉은 셔츠가 한 말을 앵무새처럼 반복했다.

"그렇게 귀찮은 사정이라면 안 들어도 되겠지만 먼저 말을 꺼내시니 묻는 겁니다."

"그것도 그렇군. 내가 먼저 말을 꺼내놓고 몰라도 된다는 것은 무책임했어. 그럼 이 말만 해두지. 실례지만 자네는 학교를 갓 졸업한 새내기 교사가 아닌가. 사실 학교라는 곳은 생각보다 이런저런 사정이 많아서 학생 때처럼 그리 담백하게 일이 돌아가지 않아."

"담백하게 돌아가지 않으면 어떻게 돌아간다는 겁니까."

"그러니까 자네는 그렇게 너무 솔직해서 경험이 부족하다는 것인데……."

"경험은 당연히 부족합니다. 이력서에서도 썼지만 저는 아직 23년 4개월 차 인생이니까요."

"그래서 생각지도 못하게 이용당하는 수가 있다는 거야."

"정직하기만 하다면 누가 뭐라고 해도 무섭지 않습니다."

"물론 무섭지는 않겠지. 무섭지는 않겠지만 이용을 당한다네. 실제로 자네 전임자가 당한 일이니 조심하지 않으면 안 된다는 거야."

살살이가 조용하다 싶어 돌아보니 어느새 선미에서 뱃사공과 낚시 이야기를 하고 있다. 살살이가 없으니 대화하기 훨씬 수월했다.

"제 전임자가 누구한테 이용당했다는 겁니까."

"누구라고 콕 집어 말하는 건 그 사람의 명예를 훼손하는 일이니 말하지 않겠네. 또 분명한 증거가 없는 말을 하다가는 내 과실이 돼. 아무튼 자네가 왔으니 여기서 실패하면 우리도 자네를 부른 보람이 없어. 부디 조심해주게."

"조심하라고 하시지만 이 이상 조심할 수는 없습니다. 나쁜 짓만 안 하면 되겠지요."

붉은 셔츠는 오호호 웃었다. 딱히 우스운 이야기를 한 것 같지는 않다. 나는 이날 이때껏 살아온 대로만 하면 된다고 굳게 믿고 있다. 생각해보면 세상 사람은 대부분 나쁜 짓을 하면서 살기를 장려하고 있다는 기분이 든다. 사회에서 성공하려면 나쁜 짓을 해야 한다고 믿고 있는 듯하다. 어쩌다 정직하고 순수한 사람을 보면, 도련님이라느니 애송이라느니 트집을 잡아 경멸한다. 이럴 거라면 학교 도덕 선생은 어째서 거짓말하지 마라, 정직해라, 가르치는 것인가. 차라리 학교에서 거짓말하는 방법이나 사람을 믿지 않는 기술이나 남을 이용하는 책략을 가르치는 편이 세상을 위하고 당사자를 위한 일이 되겠지. 붉은 셔츠가 오호호 웃는 것은 나의 단순함을 비웃는 것이다. 단순함과 진솔함이 비웃음을 사는 세상에는 미래가 없다. 기요 할멈은 이럴 때 결코 웃은 적이 없다. 언제나 크게 감탄하며 들었다. 기요 할멈이 붉은 셔츠보다 훨씬 더 기품 있는 사람이다.

"물론 나쁜 짓을 안 하면 좋겠지. 하지만 본인은 나쁜 짓을 안 한다고 해도 남의 나쁜 짓을 깨닫지 못하면 마찬가지로 험한 꼴을 당한다네. 세상에는 사심 없이 친절하게 하숙집을 구해주는 척하면서 딴마음을 품는 작자도 있으니까 결코 경계를 늦추어서는 안 돼……. 날이 꽤 추워졌네. 이제 곧 가을이겠군. 물안개로 해변이 세피아 색이야. 경치가 아름답네. 어이, 요시카와 군, 저 해변 경치 좀 보게……." 붉은 셔츠가 큰 소리로 살살이를 불렀다. "어이쿠, 세상에나, 절경이네요. 시간만 있으면 그림을 그렸을 텐데. 그냥 가려니까 너무 아쉽습니다." 살살이가 야단스레 맞장구를 쳤다.

해변의 여관 미나토야 2층에 불 하나가 켜지고 기적이 부우웅 하고 울릴 때, 내가 탄 배가 철퍼덕 소리를 내며 물에 뱃머리를 들이받고 멈추었다. "어서 오세요." 주인아주머니가 바닷가에 서서 붉은 셔츠에게 인사를 했다. 나는 으쌰 하고 기합 소리를 내며 뱃전에서 모래사장으로 뛰어내렸다.

6

살살이가 끔찍이도 싫다. 이런 녀석은 단무지 누름돌을 달아 바다에 던져버리는 게 일본을 위하는 길이다. 붉은 셔츠는 목소리가 마음에 안 든다. 이자는 타고난 목소리를 일부러 줘

어짜 나긋나긋한 사람인 척하는 것이리라. 아무리 멋을 부려봐야 그 얼굴로는 힘들다. 반하는 사람이 있다면 마돈나 정도다. 하지만 교감답게 살살이보다는 쓸 만한 말을 한다. 집에 돌아와 녀석이 꺼낸 조언을 곱씹어보니 어느 정도 일리가 있다는 생각이 들었다. 확실하게 말을 안 하니까 분명하지는 않지만, 아무튼 가시도치가 나쁜 사람이므로 조심하라는 말 같다. 그렇다면 그렇다고 말을 하면 될 일을 사람이 우유부단하다. 가시도치가 그렇게 나쁜 교사라면 빨리 면직시켜라. 문학사 학위씩이나 있는 교감이 배짱도 없다. 뒤에서는 욕하면서 이름도 못 밝히다니 겁쟁이가 틀림없다. 겁쟁이는 친절하기 마련이다. 붉은 셔츠도 그러하리라. 친절함은 친절함이고 목소리는 목소리이므로, 목소리가 마음에 안 든다고 친절함까지 무시해서는 안 된다. 그나저나 인간 세상이란 참으로 요지경이 아닌가. 마음에 안 드는 인간은 친절하고, 마음이 잘 맞는 친구는 악당이라니. 나더러 어쩌라는 말인가. 시골은 모든 게 도쿄와 반대인 모양이다. 위험한 동네다. 언제 불이 얼어붙고 돌이 두부가 될지 모른다. 하지만 내가 아는 가시도치는 학생을 선동해서 장난을 칠 것 같지는 않았는데. 하기야 가장 인망 두터운 교사라니까 하자고 들면 못 할 것도 없겠지만, 애초에 그렇게 에둘러 귀찮은 짓을 하지 말고 곧장 날 붙잡고 싸움을 거는 편이 손쉽다. 내가 귀찮으면 꺼치적대지 말고 사직서를 쓰라고 직접 얘기하라는 말이다. 서로 상의를 하면 어떻게든 된다. 들어보고 일리가 있으면 내일이라도 그만두겠다. 밥줄이 어디 여기뿐일까. 어딜 가든 길바닥에 쓰러져 죽지 않을 자신은 있다. 가시도치도 꽉 막힌 작자다.

여기 와서 제일 먼저 빙수를 사준 게 가시도치다. 두 얼굴을 가진 인간에게 빙수를 얻어먹다니 내 체면이 말이 아니다. 얻어먹은 건 딱 한 그릇이니 1전 5리밖에 안 들었다. 하지만 5리든 1전이든 사기꾼의 덕을 봐서야 죽을 때까지 마음이 편치 않다. 내일 학교에 가면 1전 5리를 돌려주자. 나는 기요 할멈에게서 3엔을 빌렸다. 그 3엔은 5년이 지난 지금까지 갚지 않았다. 못 갚는 게 아니라 안 갚는 것이다. 기요 할멈은 내가 그 돈을 이제나 갚을까 저제나 갚을까 하는 생각은 꿈에도 하지 않는다. 나도 조만간 갚겠다며 생판 남처럼 굴 생각은 없다. 내가 이런 고민을 하면 할수록 기요 할멈의 마음을 의심하는 꼴이니 아름다운 마음에 먹칠하기나 마찬가지다. 내가 돈을 갚지 않는 것은 기요 할멈을 무시해서가 아니라 할멈이 나의 일부분이라고 생각해서다. 애초에 기요 할멈과 가시도치는 비교도 안 되지만, 빙수든 녹차든 남에게 은혜를 입고 가만히 있는 것은 상대방을 어엿한 인간으로 보고 호의를 베푸는 일이다. 내 몫을 내면 끝나는 일을 마음속으로 은혜를 입었다고 고마워하는 건 돈으로도 환산할 수 없다. 지위도 없고 관직도 없지만 나는 한 사람의 독립적인 인간이다. 독립적인 인간이 머리를 숙이는 일은 100만 냥보다도 존엄한 보답이라고 생각해야 한다.

나는 그래도 가시도치가 1전 5리를 내도록 함으로써 100만 냥보다 존엄한 인사를 했다고 생각했다. 가시도치는 고맙게 여겨야 한다. 그런데도 뒤에서 비열한 짓을 하다니 괘씸한 놈이다. 내일 가서 1전 5리를 돌려주면 빌린 일도 갚을 일도 없다. 그런 뒤에 싸움을 하자.

거기까지 생각이 미치자 졸음이 밀려와 쿨쿨 잠들었다. 이튿날은 다짐한 일이 있어 평소보다 빨리 학교로 가서 가시도치를 기다렸다. 하지만 좀처럼 오지 않았다. 막물이 왔다. 한문 선생이 왔다. 살살이가 왔다. 붉은 셔츠까지 왔지만 가시도치의 책상 위에는 분필 한 자루가 똑바로 놓여 있을 뿐 고요했다. 나는 교무실에 들어가자마자 돈을 돌려줄 생각으로 집을 나설 때부터 목욕탕 요금이라도 낼 것처럼 1전 5리를 손에 꼭 쥐고 학교로 왔다. 손에 땀이 잘 나는 체질이라 손바닥을 펴보니 1전 5리가 땀범벅이다. 땀으로 축축해진 돈을 돌려주면 가시도치가 무슨 소리를 할지 몰라서 책상 위에 올려놓고 후후 분 뒤 다시 손에 쥐었다. 그러고 있는데 붉은 셔츠가 다가와 "어제 고생이 많았네. 힘들지 않았나?" 하기에 "아닙니다. 배는 좀 고팠습니다" 하고 대답했다. 그러자 붉은 셔츠는 가시도치의 책상 위에 팔을 괴고 그 쟁반 같은 얼굴을 내 앞으로 들이밀며 말했다. "어제 돌아오는 길에 배 안에서 나눈 이야기는 비밀로 해줘. 아직 아무한테도 말 안 했지?" 간드러지는 목소리만큼이나 걱정도 많은 인간이다. 말은 안 했다. 하지만 이제부터 이야기할 요량으로 1전 5리까지 손에 들고 있으니, 이제 와서 입을 다물라고 해도 나로서는 조금 곤란하다. 도대체 이자도 이해할 수 없는 인간이다. 가시도치의 이름을 꺼내지는 않았지만 충분히 추측할 수 있도록 넌지시 다 말해놓고, 이제 와서 수수께끼를 풀지 말라니 교감답지 않게 너무 무책임하다. 가시도치와 전쟁을 시작해 한창 설전을 벌이고 있을 때 나타나 당당히 내 편을 들어야 옳다. 그런 모습이야말로 한 학교의 교감이 보여줄 자세이며 붉은 셔츠를 입는 명분도 선다.

"아직 아무한테도 말은 안 했지만 이제부터 가시도치와 담판을 지을 작정입니다." 그랬더니 붉은 셔츠가 크게 당황했다. "그런 무모한 짓을 해서는 안 돼. 내가 홋타 군에 관해 분명히 어떤 말을 한 기억도 없는데 말이야. 만약 자네가 여기서 난폭하게 군다면 내 입장이 아주 난처해져. 자네는 이 학교에 소동을 일으키러 온 게 아니지 않은가." "당연하지요. 월급 받으면서 소동만 일으키면 학교 입장도 난처하겠지요." "그렇다면 어제 일은 참고만 하고 입 밖으로 꺼내지 말아주게." 붉은 셔츠가 진땀을 흘리며 부탁했다. "알겠습니다. 제 입장도 곤란하지만 그렇게까지 말씀하시니 말 안 하겠습니다." "믿어도 되겠나." 붉은 셔츠가 거듭 다짐을 받았다. 소심함이 하늘을 찌른다. 문학을 한다는 사람들의 수준이 이 정도라면 시시하기 짝이 없다. 앞뒤가 안 맞고 논리에 어긋나는 요구를 하면서도 태연하다. 그런 주제에 감히 나를 의심한다. 외람되지만 나는 정직한 남자다. 약속해놓고 돌아서서 모른 척하는 인간이 아니다.

그러고 있는데 양옆 자리 주인이 출근하는 통에 붉은 셔츠는 서둘러 자기 자리로 돌아갔다. 붉은 셔츠는 걸음걸이부터 거만하다. 교무실 안을 걸어 다니면서도 소리가 나지 않도록 구두 밑창을 가만히 내려놓는다. 소리를 안 내고 걷는 게 자랑거리가 될 줄은 여기 와서 처음 알았다. 도둑질 연습도 아니고 그냥 편안하게 걸으면 된다. 이윽고 수업 종이 울렸다. 가시도치는 결국 나타나지 않았다. 나는 하는 수 없이 1전 5리를 책상 위에 올려두고 교실로 향했다.

첫 수업이 길어져서 조금 늦게 교무실에 왔더니, 다른 선생들은 다 와서 책상에 앉아 대화를 나누고 있었다. 가시도치도 어느 틈엔가 와 있었다. 결근인가 싶었는데 지각이다. 내 얼굴을 보자마자 이렇게 말했다. "오늘 자네 때문에 지각을 했어. 벌금을 내게." 내가 책상 위에 올려두었던 1전 5리를 가져와서 "이걸 드릴 테니 받으십시오. 지난번 상점가에서 빙수를 얻어먹은 값입니다" 하며 가시도치 앞에 돈을 놓자 무슨 소리냐고 웃었다. 하지만 내가 너무 진지한 표정이었기에 "시시한 농담 말게" 하고는 그 돈을 다시 내 책상으로 떠민다. 주제에 끝까지 인심을 쓰겠다 이거지.

"농담이 아닙니다. 내가 선생한테 빙수를 얻어먹을 이유가 없습니다. 안 받을 이유가 있습니까?"

"1전 5리가 그렇게 마음 쓰이면 받겠네만, 새삼스럽게 왜 지금 돌려주는 건가?"

"지금이든 언제든 돌려드리겠습니다. 얻어먹는 게 싫어서 그럽니다."

가시도치는 냉정히 내 얼굴을 바라보며 "흐음" 했다. 붉은 셔츠의 부탁이 아니었더라면 이 자리에서 가시도치의 비열함을 들춰내고 한바탕 크게 싸웠을 테지만, 말을 안 하기로 약속해서 씩씩거리기만 했다. 사람이 이렇게 성이 났는데 자기는 "흐음"이라니 어처구니가 없다.

"빙수값은 받겠지만 하숙집은 나가주게."

"1전 5리만 받으면 됐지, 하숙집은 나가건 말건 제 마음입니다."

"자네 마음대로는 안 돼. 어제 하숙집 주인이 나를 찾아와서 자네가 나가줬으면 한다고 하더군. 이유를 들어보니 하숙집 주인 말에도 일리가 있어. 그래서 오늘 확인차 들러서 자세한 이야기를 듣고 왔네."

가시도치가 무슨 소리를 하는지 도무지 알 수가 없었다.

"하숙집 주인이 무슨 소리를 했는지 제가 어떻게 알겠습니까? 속으로 자기만 알고 있으면 알 턱이 없지. 이유가 있다면 그 이유부터 말하는 게 순서입니다. 무턱대고 그 사람이 옳다고 편을 들다니 그런 무례한 말이 어디 있습니까?"

"음, 그렇담 말해주지. 자네가 난폭하다고 그 집에서 힘들어해. 아무리 하숙집 여주인이지만 하녀는 아닐세. 발을 닦아달라고 내밀다니 너무 건방졌어."

"제가 언제 하숙집 여주인한테 발을 닦으라고 했습니까?"

"닦으라고 했는지 어쨌는지는 모르겠지만, 아무튼 저쪽에서는 자네 때문에 난처하다고 하네. 하숙비 10엔이나 15엔은 족자 한 폭을 팔아서 금세 댈 수 있다고 하더군."

"잘난 척은. 그럼 나를 왜 들였어."

"그건 나도 모르지. 들이긴 들였는데 이젠 싫어졌으니 나가달라고 하는 것 아닌가. 나가주게."

"당연하죠. 제발 있어달라고 잡아끌어도 안 있을 겁니다. 애초에 왜 그따위 집을 소개했습니까, 되지도 않게."

"내가 되지도 않거나 자네가 건방지거나 둘 중 하나겠지."

가시도치도 나 못지않게 괄괄한 성격이라 지지 않고 목청을 높였다. 교무실 선생들이 무슨 일인가 하고 목을 길게 빼고 멍하니 우리를 쳐다보았다. 나는 딱히 부끄러운 짓을 한 기억이 없기 때문에 일어서서 교무실을 한 바퀴 빙 둘러보았다. 다들 놀란 와중에 살살이만 혼자 신이 나서 웃고 있다. 내가 눈을 부릅뜨고 너도 싸우고 싶냐 하는 표정으로 길쭉한 표주박 같은 살살이의 얼굴을 쏘아보자 녀석은 별안간 진지한 얼굴로 물러났다. 약간 무서웠나보다. 그러는 사이에 종이 울렸다. 가시도치와 나도 싸움을 멈추고 교실로 향했다.

오후에는 전날 밤 나에게 무례한 짓을 한 기숙생들에게 무슨 처분을 내릴지 판가름하는 회의가 열렸다. 회의라는 것은 난생처음이라 뭐가 어떻게 돌아갈지 요만큼도 알 수 없었지만, 선생들이 한자리에 모여 자기 멋대로 주장을 하면 교장이 대충 의견을 수렴하는 것이리라. 수렴한다는 것은 흑백논리로 결정하기 어려운 상황을 두고 하는 말이다. 이번처럼 어느 모로 보나 괘씸한 사건을 두고 회의를 한다는 건 시간 낭비다. 누가 어떻게 해석하든 다른 주장이 나올 수 없다. 이렇게 명백한 일은 교장이 그 자리에서 처분을 내리면 될 것을 우유부단하기 짝이 없다. 이래서야 교장이라는 작자도 별 볼 일 없는 흐리터분한 굼벵이나 다를 바가 없다.

회의실은 교장실 옆 기름한 사무실인데 평소에는 식당처럼 쓰인다. 검은 가죽을 씌운 의자 스무 개 정도가 기다란 테이블 주위에 놓여 있어서 얼핏 간다에 있는 서양 요리점 분위기를 풍겼다. 그 테이블 끝에 교장이 앉고 교장 옆에 붉은 셔츠가 자리했다. 나머지는 알아서 오는 대로 착석하는 모양인데 체육 교사만은 항상 제일 끝자리에 겸손하게 앉는다고 한다. 나는 잘 몰라서 박물 교사와 한문 교사 사이에 비집고 앉았다. 맞은편을 보니 가시도치와 살살이가 나란히 앉아 있다. 살살이는 아무리 얼굴을 뜯어봐도 비열하다. 싸우기는 했지만 가시도치 쪽이 훨씬 더 기백이 있다. 아버지 장례를 치른 고비나타의 요겐지에 걸려 있던 족자 속 얼굴과 꼭 닮았다. 스님에게 물어보니 불법을 지키는 위타천이라는 괴물이라고 했다. 오늘은 화가 나 있어서 눈을 뛰룩대다가 가끔씩 나를 보았다. 그런다고 내가 겁먹을쏘냐. 나도 지지 않고 눈알을 부라리며 가시도치를 노려보았다. 멋있는 눈은 아니지만 크기로는 어디 가도 뒤지지 않는다. 도련님은 눈이 커서 배우를 해도 잘 어울릴 거라고 기요 할멈이 자주 말했을 정도다.

"거의 다 모이셨습니까." 교장의 말에 가와무라라는 서기가 하나, 둘 하고 머릿수를 셌다. 하나 부족하다. 나도 한 사람 안 왔다고 생각하던 참이니 맞을 것이다. 막물 호박 군이 아직 안 왔다. 막물 군은 전생에 나랑 무슨 인연이 있는지 한 번 얼굴을 본 후로는 잊히지가 않는다. 교무실에 들어서면 곧바로 막물 군이 눈에 들어오고, 길을 걷고 있어도 막물 선생의 모습이 눈에 선하다. 온천에 가도 종종 막물 군이 퉁퉁 불은 창백한 얼굴로 탕 속에 앉아 있다. 인사를 하면 "네" 하고 황송한 얼굴로 고개를 숙여서 내가 다 미안했다. 학교에 가도 막물 군만큼 점잖은 사람은 없었다. 잘 웃지도 않고 쓸데없는 소리도 안 했다. 군자라는 건 책 속에나 있지 현실에는 없다고 생각했는데, 막물 군을 만나서 처음으로 군자에도 실체가 있음을 알고 놀랐을 정도다.

그만큼 관심이 많았기 때문에 회의실에 들어오자마자 막물 군이 없다는 것을 알아차렸다. 솔직히 말해 이 남자 옆자리에 앉아볼까 하는 생각까지 하고 있었다. 교장은 "곧 오시겠지요" 하며 자기 앞에 있는 보라색 보자기를 풀어 곤약판 인쇄물을 들여다본다. 붉은 셔츠는 호박 파이프를 면 손수건으로 닦기 시작했다. 그게 이 남자의 취미다. 붉은 셔츠답다. 다른 사람들은 옆에 있는 동료와 잡담을 나누었다. 심심한 사람은 연필 끝에 달린 고무로 책상 위에 쉼 없이 무언가를 썼다. 살살이는 가끔씩 가시도치에게 말을 걸었지만 가시도치는 상대도 안 했다. 그저 "응"이나 "어"라고 할 뿐이고 때때로 매서운 눈으로 나를 노려보았다. 나도 지지 않고 꼬나보았다.

그러고 있는데 기다리던 막물 군이 송구한 표정으로 들어와 "잠시 용건이 있어 늦었습니다" 하고는 너구리에게 공손히 인사했다. "그럼 회의를 시작합시다." 너구리가 서기 가와무라 군에게 곤약판 인쇄물을 나눠주라고 했다. 들여다보니 제일 앞이 학생 처분 건, 그다음이 학생 단속 건, 그 밖에 두세 가지 안건이 더 있었다. 너구리는 늘 그러듯이 점잔을 빼며 교육의 화신이나 된 듯 말을 꺼냈다.

"학교 직원이나 학생에게 과실이 있는 것은 모두 제가 부덕한 탓입니다. 학교에 무슨 사건이 생길 때마다 저 같은 사람이 교장으로 앉아 있어도 되나 하고 깊이 참회합니다만, 불행히도 이번에 또다시 이런 소동이 벌어진 점에 대해 여러분께 머리 숙여 사죄드립니다. 하지만 일단 사건이 일어난 이상 처분을 피할 길은 없습니다. 무슨 일이 벌어졌는지는 여러분도 이미 알고 계실 테니 선후책을 허심탄회하게 말씀해주십시오."

나는 교장이 하는 말을 들으며 역시 교장이니 너구리니 하는 자는 말을 번지르르하게 하는구나 하고 감탄했다. 이렇게 교장이 다 자기 책임으로 돌리며 스스로를 자책하고 부덕하다 말하니까 학생 처분은 그만두고 내가 먼저 사직서를 내야겠다. 그러면 이런 귀찮은 회의를 열 필요도 없다. 상식적으로 말해도 그렇다. 나는 어른스럽게 숙직을 섰고, 난폭하게 군 건 학생들이었다. 나쁜 건 교장도 나도 아니고 학생들이다. 만약 가시도치가 선동을 했다면 학생들과 가시도치를 퇴치하면 그만이다. 남의 허물을 자기가 떠맡고는 내 책임입니다, 내 책임이에요, 하고 떠들어대는 자가 어디 있단 말인가. 너구리가 아니고는 범접할 수 없는 기술이다. 너구리는 얼토당토않는 소리를 늘어놓고 의기양양하게 일동을 둘러보았다. 입을 여는 자가 아무도 없다. 박물 교사는 학교 건물 옥상에 앉은 까마귀를 보고 있다. 한문 선생은 곤약판 인쇄물을 펼쳤다 접었다 할 뿐이다. 가시도치는 아직도 내 얼굴을 노려본다. 회의가 이렇게 바보 같은 짓이라면 나가서 낮잠이나 자는 게 낫겠다.

나는 궁둥이에 좀이 쑤셔 제일 먼저 한 소리 하려고 반쯤 일어섰는데, 붉은 셔츠가 입을 열기에 그만두었다. 돌아보니 파이프를 집어넣고 줄무늬가 들어간 비단 손수건으로 얼굴을 훔치며 무슨 말인가 꺼내고 있었다. 저 손수건은 분명 마돈나한테서 갈취한 것이리라. 남자라면 흰 삼베를 쓸 일이다.

"저도 기숙생들이 난동을 부렸다는 소식을 듣고 교감 된 자로서 제 부덕의 소치라고 여겼습니다. 평소 저의 감화가 아이들에게 미치지 못한 점 대단히 송구스럽게 생각합니다. 이런 일은 어떠한 결함 때문에 벌어지는 것이지요. 사건 자체만 보면 아이들 잘못 같지만 그 진상을 파헤치면 책임은 오히려 학교에 있는지도 모릅니다. 그러니 겉으로 드러난 상황만 보고 엄중한 벌을 내리는 것은 장래를 위해서도 옳지 않아요. 혈기 왕성한 아이들이 활기에 넘쳐 옳고 그름을 따지지 못하고 반쯤 무의식 상태에서 이런 장난을 친 것 같습니다. 본래 처분은 교장 선생님의 판단이니 제가 끼어들 입장은 못 됩니다만, 모쪼록 관대한 처분을 바라는 바입니다."

너구리도 너구리고, 붉은 셔츠도 붉은 셔츠다. 학생들이 난동을 부리는 게 학생 잘못이 아니라 교사 잘못이라고 공언한다. 미친놈이 사람을 때리는 게 얻어맞는 사람 잘못이란다. 말세다, 말세야. 활기가 넘치는 게 문제라면 운동장에 나가서 스모라도 할 일이다. 반쯤 무의식 상태에서 이불 속에 메뚜기를 넣었다는 게 말이 되나. 이런 식이라면 쿨쿨 자는 사람 목을 베 놓고도 반쯤 무의식 상태에서 한 짓이라고 풀어줄 태세다.

무슨 말이든 해야겠다 싶은데, 기왕 말을 할 거라면 모두를 놀라게 할 정도로 거침없이 내뱉어야 하리라. 그러나 나는 화가 나면 두세 마디 만에 반드시 말문이 막히는 버릇이 있다. 너구리든 붉은 셔츠든 인품은 나보다 한 수 아래지만, 말재주가 여간 뛰어난 게 아니어서 말을 잘못 꺼냈다가는 괜히 봉변을 당하고 만다. 잠시 복안을 세우려고 속으로 말을 만들고 있었다. 그런데 앞에 있던 살살이가 벌떡 일어나서 깜짝 놀랐다. 살살이 주제에 자기 의견을 말하다니 건방지다. 살살이는 늘 쓰는 살살거리는 말투로 입을 열었다.

"이번 메뚜기 사건과 함성 사건은 양식 있는 교원으로서 우리 학교의 장래를 위험에 빠뜨릴 진사로 사료됩니다. 우리 교원들은 이번 일을 계기로 스스로 반성하여 전교의 풍기를 진숙해야겠습니다. 교장 선생님과 교감 선생님의 말씀은 그야말로 긍경을 꿰뚫는 개절한 사고로 저는 철두철미 찬성하는 바입니다. 부디 되도록 관대한 처분을 내려주시기 바랍니다."

살살이의 말에는 문자가 있을지언정 뜻이 없었다. 한자어만 줄줄이 늘어놓았을 뿐 무슨 소리인지 도통 알아들을 수가 없다. 알아들은 거라고는 "철두철미 찬성하는 바입니다"라는 말뿐이었다.

말뜻은 잘 몰라도 참을 수 없이 분노가 치밀었다. 복안도 없이 벌떡 일어섰다. "저는 철두철미 반대입니다……." 말은 꺼냈는데 그 뒤가 생각이 안 났다. "……그런 얼뜨기 같은 처분은 진짜로 싫습니다" 하고 덧붙이니 일동 웃음이 터졌다. "전적으로 학생들 잘못입니다. 반성을 하도록 벌을 주지 않으면 버릇이 됩니다. 퇴학을 시켜도 좋고요. ……뭡니까, 무례하게, 새로 온 선생이라고 함부로……." 거기까지 말하고는 자리에 앉았다. 그러자 옆에 있던 박물 교사가 "학생들이 잘못한 건 맞지만 너무 엄한 벌을 주면 오히려 반발이 생길 겁니다. 저는 교감 선생님 말씀처럼 관대한 처분이 옳다고 봅니다" 하고 나약한 소리를 했다. 왼쪽에 있던 한문 선생도 온건한 의견에 찬성이라고 했다. 역사 선생도 교감과 같은 의견이라고 했다. 울화가 치민다. 대부분 붉은 셔츠랑 한통속이다. 이런 작자들이 모여 학교를 만드니 이 모양 이 꼴이다. 나는 학생들이 사과하게 하건 내가 사직서를 쓰건 둘 중 하나는 할 생각이라 붉은 셔츠 말대로 결론이 나면 당장 집에 가서 짐을 쌀 각오를 하고 있었다. 어차피 이런 패거리들을 말로 이길 재주도 없거니와, 이긴다 해도 이런 놈들하고 주야장천 어울리는 건 내가 싫다. 학교도 관두는 마당에 뭐가 어떻게 되든 무슨 상관이겠는가. 여기서 또 무슨 말을 하면 웃을 게 뻔하다. 누가 입을 여나 봐라 싶어 잠자코 있었다.

그러자 이제껏 입 다물고 있던 가시도치가 분연히 일어섰다. 저 자식도 보나 마나 붉은 셔츠와 같은 의견이겠지. 어차피 네놈하고는 싸울 일만 남았으니 멋대로 해라 싶었는데, 가시도치가 창문이 쩌렁쩌렁 울릴 만큼 큰 목소리로 이렇게 말했다. “저는 교감 선생님 및 다른 선생님들의 의견에 결사반대입니다. 이번 사건은 어디로 보나 기숙생 오십 명이 신참 교사 모 씨를 경멸하고 희롱하려는 의도로 벌인 짓이 분명합니다. 교감 선생님은 이번 사건의 원인이 교사의 인물 됨됨이에 있다고 말씀하셨으나, 실례지만 그 말은 실언으로 사료됩니다. 모 씨가 숙직을 맡은 것은 이 학교에 오고 얼마 지나지 않은 때로, 아직 학생들을 만나고 스무 날도 되지 않은 시점입니다. 그 짧은 시간 동안 학생들이 모 씨의 학문 및 인물 됨됨이를 평가할 수 있을 리가 없습니다. 경멸받을 만한 이유가 있어 이런 일을 당했다면 학생들의 행위를 참작해줄 수도 있겠습니다만, 아무런 원인이 없는데도 새로 온 선생을 우롱하는 경박한 학생을 관대하게 봐주는 건 학교의 위신이 걸린 문제라고 생각합니다. 교육의 정신이란 단순히 학문을 하는 데에만 있는 것이 아닙니다. 고매하고 정직한 무사의 힘을 고취시켜 야비하고 경박하며 폭력적인 악습을 소탕하는 일 또한 교육입니다. 반발이 두렵고 소동이 커지는 것을 염려하여 사건을 수습하기에만 급급하다면 이런 나쁜 풍습을 언제 고칠 수 있을지 알 수 없습니다. 이러한 악습을 근절하기 위해 학교의 녹을 받고 있기에, 이를 못 본 척 지나칠 요량이라면 애초에 교사가 되지 말았어야 합니다. 저는 이상의 이유로 기숙생 전원을 엄벌에 처하고 해당 교사의 면전에서 공개적으로 사죄토록 하는 것이 당연한 처사라고 생각합니다." 그러더니 자리에 털썩 앉았다. 일동은 입을 꾹 다물고 아무 말이 없다. 붉은 셔츠는 다시 파이프를 닦기 시작했다. 나는 어쩐지 무척 기뻤다. 내가 하려는 말을 나 대신 가시도치가 다 해준 기분이었다. 나는 단순한 인간인지라 지금까지 싸우려던 생각은 싹 잊고, 세상에, 이렇게 고마울 때가, 싶은 얼굴로 가시도치를 보았지만 정작 상대는 모른 척했다.

잠시 후 가시도치가 다시 일어섰다. "아울러 방금 잊고 빠뜨린 말이 있어 덧붙이겠습니다. 그날 밤 당직 교사는 숙직을 서다가 외출을 하여 온천에 갔다 온 모양입니다만, 이는 가당치도 않은 일이라고 생각합니다. 적어도 한 학교의 당직을 책임진 자라면 꾸짖는 사람이 없다고 해서 다른 곳도 아니고 온천 같은 데 몸을 담그고 오는 것은 큰 실책입니다. 학생은 학생이고, 이 문제에 대해서도 교장 선생님이 책임자에게 따끔하게 주의를 주실 것을 희망합니다."

얄궂은 놈이다. 내 편이 되어주나 싶었는데 곧바로 내 실책을 까발린다. 나는 아무 생각 없이 앞선 숙직이 나다닌 것을 알고 그래도 되는가보다 하여 온천까지 갔지만, 그 말을 듣고 보니 그건 내 잘못이 맞다. 공격을 당해도 싸다. 그래서 나는 다시 일어나 "저는 분명 숙직 중에 온천에 갔습니다. 이것은 전적으로 제 잘못입니다. 사과드립니다" 하고 착석하니 일동은 다시 웃음을 터뜨렸다. 내가 무슨 말만 하면 웃는다. 싱거운 놈들이다. 너희들도 나처럼 사람들 앞에서 자기 잘못을 거리낌 없이 말할 수 있는가. 할 수 없으니까 웃는 것이리라.

그런 다음 교장은 "이제 더 하실 말씀 없으시면 잘 생각해서 처분을 내리겠습니다" 하고 말했다. 말이 나온 김에 결과를 이야기하자면, 기숙생들은 일주일 동안 외출 금지 처분을 받고 내 앞에서 사죄를 했다. 사죄하지 않으면 그 자리에서 사표를 던지고 집에 갈 생각이었지만, 내 말대로 되는 바람에 나중에 더 큰일이 터지고 말았다. 그건 나중에 이야기하겠지만, 교장은 이때 회의를 계속하겠다며 이런 말도 꺼냈다. "학생들의 풍기 문란은 교사가 모범을 보이지 않으면 고칠 수 없습니다. 그 첫걸음으로 교사는 되도록 음식점 같은 곳에 출입하지 마시기 바랍니다. 송별회 같은 자리는 특별한 경우겠으나, 다소 품위가 없는 자리에 혼자 드나드는 일은 삼가주시기 바랍니다. 예를 들면 메밀국숫집이나 경단 가게 같은……."

그 소리에 일동이 또 웃었다. 살살이가 가시도치를 향해 튀김이라고 말하며 눈짓을 했지만 가시도치는 쳐다보지도 않았다. 쌤통이다.

나는 머리가 나빠서 너구리가 하는 말을 잘 이해하지 못했지만, 중학교 선생이 메밀국숫집이나 경단 가게도 들락거리지 못한다면 먹는 걸 좋아하는 나 같은 놈은 선생질도 못 해먹겠다는 생각이 들었다. 그렇다면 처음부터 메밀국수나 경단을 안 좋아하는 놈을 골라서 고용하지 그랬나. 아무 소리 없이 임명장부터 주고는 메밀국수를 먹지 마라, 경단을 먹지 마라, 고약한 주문을 해대니 나같이 다른 취미가 없는 인간에게는 큰 타격이다. 그러자 붉은 셔츠가 또 참견을 했다.

"본래 중학 교사란 사회에서 상류계급에 속하므로 단순히 물질적인 쾌락만을 추구해서는 안 됩니다. 그런 데 빠지면 결국 품성에 안 좋은 영향을 주게 됩니다. 그러나 인간이기에, 무언가 즐길 거리가 없으면 시골처럼 좁은 땅에서 살 수가 없겠지요. 그래서 낚시를 하러 간다거나 문학 서적을 읽는다거나 신체시나 하이쿠를 짓는다거나 뭐든 고상한 정신적인 오락을 찾아야 합니다……."

가만히 듣고 있는데 열불이 났다. 바다에 가서 거름을 낚고 고루키가 러시아 문학가라는 둥, 친한 게이샤를 소나무 아래 세워놓자는 둥, 오래된 연못에 개구리가 뛰어든다는 둥• 하는 게 정신적인 오락이라면, 튀김을 먹고 경단을 먹는 것도 정신적인 오락이다. 그런 시시한 오락을 할 바에 가서 붉은 셔츠 빨래라도 하시지. 너무 화가 난 나머지 "마돈나를 만나는 것도 정신적인 오락입니까?" 하고 대차게 물었다. 그러자 이번에는 아무도 웃지 않았다. 거북한 얼굴로 서로 눈을 맞대고 있을 뿐이다. 붉은 셔츠는 괴로운 듯 이내 고개를 숙였다. 꼴좋다. 먹혀들었군. 다만 불쌍한 것은 막물 군으로, 내가 그 소리를 하자 창백한 얼굴이 더욱 창백해졌다.

7

나는 그날 밤 즉시 하숙방을 비웠다. 짐을 싸고 있는데 안

• 마쓰오 바쇼(1644~1694)의 유명한 하이쿠를 가져와 시심을 비꼬고 있다. "오래된 연못 개구리 뛰어드는 물소리 퐁당".

주인이 와서 "무슨 불쾌한 일이라도 있으셨나요? 기분 상하는 일이 있었다면 고칠 테니 말씀해주세요" 하고 말했다. 깜짝 놀랐다. 세상에는 도무지 이해할 수 없는 인간 천지다. 나가달라는 것인지 있어달라는 것인지 알 수가 없다. 다들 정신이 나간 것 같다. 이런 사람들을 붙들고 상대해봐야 에돗코 이름에 먹칠만 할 뿐이다. 짐꾼을 불러다가 얼른 나왔다.

나오기는 했지만 따로 갈 데가 있는 건 아니었다. 짐꾼이 "어디로 갈까요?" 하기에 "그냥 따라오게. 곧 알게 될 테니" 하며 성큼성큼 걸어 나갔다. 귀찮아서 야마시로야로 갈까 싶었지만 거기로 가면 또 나와야 하니 번거롭다. 걷다보면 하숙이든 뭐든 써 붙인 간판이 눈에 뜨일 것이다. 그러면 그곳이 하늘이 주신 숙소라 여기고 들어가자. 그런 마음으로 한산하고 살기 괜찮아 보이는 동네를 찾아 빙빙 돌다가 결국 무가의 저택이 즐비한 마을까지 와버렸다. 이런 곳에 하숙집 같은 게 있을 리 없다. 조금 더 북적이는 동네로 갈까 하다가 문득 좋은 생각이 떠올랐다. 내가 경애해마지않는 막물 군이 이 동네에 산다. 막물 군은 이 지역 토박이로 선조 대대로 이어져 내려온 저택에 사니까 이 부근 사정에 훤하리라. 그 사람을 찾아가 물어보면 괜찮은 하숙을 알려줄지도 모른다. 다행히 인사를 하러 갔던 적이 있었다. 어디 사는지 알았기 때문에 헤매지도 않았다. 이쯤이지 싶어 어느 대문 앞에 서서 "실례

합니다. 계십니까?" 하고 불렀더니 안에서 오십 줄의 노부인이 고풍스러운 등불을 들고 나왔다. 나는 젊은 여자도 싫지는 않지만 노부인을 보면 어쩐지 그리운 기분이 든다. 아마도 기요 할멈을 좋아해서 그 마음이 늙은 여성에게 옮아간 모양이다. 막물 군의 어머니인 것 같다. 키리사게•를 한 품격 있는 부인이었는데 막물하고 많이 닮았다. 부인이 우선 들어오시라고 했지만 잠깐이면 된다고 막물 군을 현관으로 불러냈다. 사정이 이러저러한데 혹시 갈 만한 곳이 있겠냐고 물었더니 막물 선생은 "그것참 난처하시겠군요"라고 하며 잠시 생각한 후 이렇게 말했다. "이 뒷동네에 하기노라고 노부부가 단둘이 삽니다. 언젠가 저택을 비워두기도 아까우니 확실한 사람이 있으면 소개해달라고 부탁한 적이 있어요. 지금도 비어 있을지는 모르겠지만 같이 가서 한번 물어봅시다." 그러면서 친절하게 데려가주었다. 그날 밤부터 나는 하기노 노부부 집의 하숙생이 되었다. 놀라운 것은 내가 골동품 집을 나오자마자 다음 날 바로 살살이가 내가 쓰던 하숙방을 아무렇지 않은 얼굴로 꿰찼다는 사실이다. 이 대목에서는 나도 완전히 질려버렸다. 세상은 온통 사기꾼이 득시글대는 곳이어서 다들 서로

• 묶은 머리칼을 목 부근에서 가지런히 자른 전통적인 머리 모양. 무가에서 남편을 먼저 떠나보낸 부인의 전형적인 모습이다.

속이기에 급급한지도 모른다. 오만 정이 다 떨어진다.

세상이 그런 곳이라면 나도 지지 않고 남들처럼 속이며 살아야 한다는 말이 된다. 소매치기한 돈까지 가로채고 살아야 세끼 밥을 먹을 수 있다면 이렇게 사는 것도 생각해볼 문제다. 그렇다고 팔팔한 몸뚱어리를 가지고 목이라도 맨다면 조상님 볼 면목도 없고 남 보기에도 안 좋다. 돌이켜 생각하면 물리학교 같은 데 들어가서 수학처럼 인생에 하등 도움이 안 되는 기술을 익히기보다는 600엔을 투자해서 우유 영업소라도 열었어야 했다. 그러면 기요 할멈도 내 옆에 있었을 테고, 나도 멀리서 할멈 걱정 없이 살았을 테지. 같이 살 때는 몰랐는데 이렇게 시골에 와보니 기요 할멈은 역시 훌륭한 사람이다. 그토록 마음씨 고운 여자는 일본 열도를 탈탈 털어도 잘 없다. 할멈, 내가 떠날 때 감기 기운이 약간 있었는데, 지금쯤 어쩌고 있을까. 지난번에 내가 보낸 편지를 읽었다면 상당히 기뻐했겠지. 그건 그렇고, 답장이 올 때가 지났는데……. 나는 이런 생각만 하며 이삼일을 보냈다.

걱정이 되어서 하숙집 할머니에게 "혹시 도쿄에서 편지 안 왔습니까?" 하고 가끔씩 물어보는데, 그때마다 할머니는 "아무것도 안 왔습니다" 하며 안타까운 표정을 지었다. 이 집 노부부는 골동품 판매상하고는 다르게 본디 무가다운 기품이 있다. 밤만 되면 할아버지가 기묘한 목소리로 옛날 요곡을 부르는 것만 빼면, 이카긴처럼 "차나 한잔하십시다" 하며 함부로 드나들지 않아서 훨씬 편하다. 할머니는 가끔 방에 들어와서 이런저런 이야기를 했다. "어째 색시허구 같이 안 왔슈?" "제가 부인이 있는 것처럼 보입니까? 겉이 좀 삭아서 그렇지 아직 스물넷인데요." "스물넷이믄 색시가 있구두 남쥬." 그러면서 "어데 사는 누구는 스무 살에 장가를 들었슈." "어데 사는 누구는 스물둘에 얼라 둘을 낳았슈." 등등 여섯 가지 정도 사례를 들며 반박을 시도해서 어이가 없었다. "그렇담 저도 스물넷에 장가들 테니께 알아봐주실래유?" 내가 사투리를 흉내 내 부탁해보았더니 할머니는 "시방 그 말이 진심이어유?" 하고 되물었다.

"진심이고말고요. 장가들고 싶어서 아주 죽겠습니다."

"그러구말구유. 젊을 땐 다 그런 뱁이쥬." 이 말에는 허가 찔려 대답도 안 나왔다.

"그치만 선생님은 벌써 색시가 있잖어유. 지는 딱 보믄 알쥬."

"저런, 할머니 눈은 못 속이겠습니다. 어떻게 아셨을까요."

"뻔하쥬. 도쿄에서 편지 안 왔습니까, 편지 안 왔습니까, 하고 만날 목 빠지게 기다리시잖어유."

"저런, 놀랐습니다. 정말 예리하시군요."

"제 말이 맞쥬?"

"네, 맞을지도 모르겠습니다."

"그려두 요즘 여자들은 옛날허구 틀리니께 방심하믄 못 써유. 조심 또 조심이어유."

"왜요. 제 색시가 도쿄에서 바람이라도 피울까봐서요?"

"아녀유, 선생님 색시는 그럴 일이 없겠지만서두……."

"안심입니다. 그렇담 뭘 조심해야 하나요?"

"선생님 색시는 분명…… 그러니까 선생님 색시는 분명 그럴 리 없겠지만서두……."

"어디 다른 사람은 분명하지 않은가봅니다."

"이 동네에두 꽤 있어유. 혹시 도야마 댁 아가씨를 아셔유?"

"아니요, 모릅니다."

"아직 모르시는구먼유. 이 근방에서 젤루 이쁜 아가씨여유. 솔찬히 이쁘니께 학교 선생님들이 죄다 마돈나, 마돈나, 하잖어유. 아직 못 들어보셨을라나."

"아, 마돈나 말입니까. 저는 게이샤 이름인 줄 알았는데요."

"아녀유, 마돈나라는 건 외국 이름인데, 미인을 그리 부른다고 하대유."

"그렇군요. 놀랐습니다."

"아마 미술 선생이 붙인 이름일 건다."

"그 살살이가요?"

"그니께 요시카와 선생이 붙인 게쥬."

"그 마돈나라는 사람이 믿을 만하지 않은 겁니까."

"그 마돈나 양이 원체 사람이 분명치가 않어유."

"저런, 별명이 붙은 여성은 옛날부터 문제가 좀 있었으니까요. 그럴지도 모르겠습니다."

"참말이어유. 신출귀몰 오마쓰나 달기 오햐쿠도 겁나게 무섭쥬."•

"마돈나도 비슷한가요."

"그 마돈나 양이 말이쥬, 원래는 선생님을 우리 집에 소개해준 고가 선생헌티 시집을 가기루 약조를 했더랬슈……."

"저런, 놀랍네요. 막물 군한테 그런 재주가 있을 줄이야. 사람은 겉보기하고 다른가봅니다. 조심해야겠어요."

"근디 작년에 고가 선생 아버님이 돌아가셨지 뭐예유. 그전까진 돈도 있었구 은행에 주식도 있었구 만사형통이었는디, 그담부텀 갑자기 살림이 기울어가지구, 말하자믄 고가 선생은 사람이 너무 좋으니께 홀랑 속아넘어간 거쥬. 이래저래 혼사가 늦어지는디, 교감 선생이 나타나서는 시집은 꼭 자기헌

• 둘 다 에도 시대의 이름난 악녀로 오마쓰는 여자 도적이고 오햐쿠는 자기 잇속을 위해 남편과 여러 사람을 죽인 살인자다. 중국 은나라 주왕의 애첩이자 독부였던 달기와 맞먹는다 하여 붙은 별명이다. 이 여성들은 각종 이야기와 가부키로 극화되었는데 실존 여부는 확실치 않다.

티 왔으믄 좋겠다구 졸랐다는 거예유."

"붉은 셔츠가요? 진짜 나쁜 놈이네요. 입고 다니는 셔츠 꼴이 아무래도 수상하더니만. 그래서요?"

"사람을 시켜 말을 전했는디, 도야마 씨도 고가 씨한테 의리가 있어 답은 곧장 못 혀구, 뭐 생각해보겠다는 인사 정도만 혔대유. 그러고 나서 붉은 셔츠 선생이 도야마 댁에 뻔질나게 드나들었구, 결국에는 그 집 따님을 낚아채 간 거쥬. 붉은 셔츠도 붉은 셔츠지만서두 그 집 따님두 따님이다 허구 다들 나쁘게 말혀유. 첨엔 고가 씨헌티 시집가겠다구 혔다가 대학 나온 사람이 나타나니께 그쪽으로 갈아탄 것인디, 하늘이 두렵지두 않은가봐유."

"정말 그렇네요. 하늘만이 아니라 땅과 바다도 대노할 일입니다."

"근디 홋타 선생이 친구인 고가 선생이 너무 가여우니께 교감 선생을 찾아가 따져 물었대유. 그랬더니 붉은 셔츠 선생 하는 말이 자기는 약혼한 사람 가로챌 생각 추호도 읎다, 파혼이라도 허믄 몰라, 지금은 그냥 집안끼리 사이좋게 지내는 것뿐이고 딱히 고가 선생헌티 미안할 짓은 허지 않았다, 이리 나오는 거쥬. 그르니 홋타 선생두 기냥 돌아올 수밖에유. 그 후로는 붉은 셔츠 선생허구 홋타 선생허구 사이가 영 나쁘대유."

"할머니는 뭐든 다 알고 계시는군요. 어떻게 그렇게 구체적인 내용까지 아시는 겁니까? 감탄했습니다."

"동네가 원체 좁으니께 뭐든 다 알게 돼유."

너무 알아서 곤란할 정도다. 이 지경이라면 나의 튀김 사건과 경단 사건까지 다 알고 있는지도 모른다. 정말이지 성가신 동네다. 하지만 덕분에 마돈나가 누군지도 알게 되었고, 가시도치와 붉은 셔츠의 관계도 알게 되었으니 큰 도움이 되었다. 다만 난처한 것은 어느 쪽이 나쁜지 판단이 잘 서지 않는다는 점이다. 나처럼 단순한 사람은 흑백논리로 정리해주지 않으면 어느 편을 들어야 할지 망설이게 된다.

"붉은 셔츠와 가시도치 말인데요, 어느 쪽이 좋은 사람일까요?"

"가시도치라니, 누구 말이어유?"

"홋타요."

"그야 힘은 홋타 선생이 좋겠지만서두, 붉은 셔츠 선생은 대학을 나왔으니께 능력이 좋겄쥬. 상냥한 건 붉은 셔츠 선생이 더 상냥헌디, 학생들 평판은 홋타 선생이 한 수 위여유."

"그러니까 둘 다 좋은 사람이라는 겁니까."

"그르니께 월급을 더 많이 받는 사람이 훌륭하다는 얘기쥬."

물어본다 한들 무슨 도움이 될까 싶어 관뒀다. 그로부터 이삼일이 지나 하숙집 할머니가 싱글벙글 웃으며, "오호호, 오래 기다리셨쥬. 드디어 왔슈" 하고 편지 한 통을 들고 왔다.

천천히 읽으라면서 자기는 밖으로 나갔다. 기요 할멈이 보낸 편지다. 봉투에 쪽지가 두세 장 붙어 있는 걸 확인해보니, 야마시로야 여관에서 골동품상을 돌아 여기로 왔다. 게다가 야마시로야에서는 일주일이나 체류했다. 여관이니만큼 편지도 여독을 풀고 싶었나보다. 열어보니 꽤 길다. 도련님한테서 편지를 받고 바로 답장을 하려 했지만 공교롭게도 감기에 걸려 일주일 정도 누워 있는 바람에 늦어져서 죄송하다, 게다가 요즘 아가씨들처럼 읽고 쓰는 게 능숙하지 않아서 이렇게 못난 글씨도 쓰는 데 상당히 애를 먹었다, 조카한테 대필을 부탁할까 했지만 모처럼 쓰는 편지를 직접 쓰지 않으면 도련님한테 송구하지 싶어 연습 삼아 한번 쓰고 그걸 깨끗이 옮겨 적었다, 옮겨 적는 데만 이틀이 걸렸고 처음 쓸 때는 나흘이 걸렸다, 읽기 힘들지도 모르겠지만 이것도 최선을 다해 쓴 것이니까 부디 끝까지 읽어달라. 그런 내용의 서두가 세로쓰기 두루마리 편지지에 양팔 벌린 분량만큼 줄줄이 쓰여 있었다. 할멈 말마따나 읽기가 힘들었다. 글씨가 삐뚤빼뚤할 뿐만 아니라 대부분 히라가나로 쓰여 있어서 어디서 끊고 어디서 시작할지 구두점을 잡기 여간 고생스러운 게 아니었다. 나는 성격이 급해서 이렇게 길고 알아보기 어려운 편지는 누가 5엔을 줄 테니 읽어달라고 해도 거절할 판인데, 이번만큼은 진지하게 처음부터 끝까지 다 읽었다. 다 읽은 건 맞지만 읽는 데 힘이 들어 머릿속에 내용이 잘 안 들어와서 처음부터 다시 읽었다. 방 안이 조금 어둑해져서 아까보다 읽기가 힘들었다. 나는 편지를 들고 툇마루로 나와 앉아 정성껏 읽었다. 파초 잎을 흔드는 가을바람이 맨살에 닿았다가 돌아 나가며 읽고 있던 두루마리 편지지 끝이 마당 쪽으로 팔랑팔랑 나부꼈다. 손을 놓으면 저 너머 산울타리까지 날아갈 것 같았다. 그러든 말든 계속 읽어나갔다.

도련님은 대쪽 같은 성격을 지녔지만 지나치게 욱하는 성미가 걱정입니다. 다른 사람들한테 함부로 별명을 붙이다가는 남의 원망을 사게 될 것이니 너무 자주 쓰지는 마십시오. 그래도 꼭 쓰고 싶다면 저한테 보내는 편지에만 알려주세요. 그곳에는 성격이 안 좋은 사람이 많은 것 같으니까 봉변당하지 않도록 늘 조심 또 조심입니다. 날씨도 도쿄에 비하면 들쑥날쑥하니까 잘 때 이불을 걷어차서 감기에 걸리지 않게 조심하시기 바랍니다. 도련님이 쓴 편지는 너무 짧아서 어떻게 지내시는지 잘 모르겠습니다. 다음번에는 적어도 지금 제가 쓰는 편지의 절반 정도는 써주시기 바랍니다. 숙소에 수고비로 5엔을 얹어준 건 좋은데 나중에 궁색해지며 안 되니까 되도록 절약을 하시기 바랍니다. 시골에 가서 의지가 되는 건 돈뿐이랍니다. 만에 하나의 사태를 대비해야 합니다. 용돈이 없어서 곤란하면 안 되니까 우편환으로 10엔을 부칩니다. 지난번 도련님한테서 받은 50엔을, 도련님이 도쿄로 돌아와서 자기 집을 마련할 때 보태려고 우체국에 맡겨두었는데, 이번에 10엔을 빼도 아직 40엔이나 남았으니 괜찮습니다.

여자란 정말이지 세심한 존재다.

내가 툇마루에서 기요 할멈의 편지를 팔랑이며 생각에 잠겨 있는데, 하기노 할머니가 저쪽에서 장지문을 열고 저녁밥을 가져왔다. "여적 들따보구 있슈. 시상에, 편지가 길기두 허네유." 할머니의 말에, "네, 중요한 편지라서요. 바람이 불면 다시 보고 다시 보고 하고 있습니다" 나도 이해할 수 없는 답을 하고는 밥상 앞에 앉았다. 들여다보니 오늘 저녁도 고구마 조림이다. 이 하숙집은 골동품상보다는 정성스럽고 친절하며 심지어 품위도 있지만 아쉽게도 음식 맛이 별로다. 어제도 고구마, 그제도 고구마였는데, 오늘도 고구마다. 내가 고구마를 좋아한다고 말은 했지만, 이렇게 연달아 고구마만 먹는다면 목숨 줄이 짧아지리라. 막물 군을 놀릴 때가 아니다. 내가 머지않아 막물 고구마 선생이 될지도 모른다. 기요 할멈이라면 이럴 때 내가 좋아하는 참치회나 간장을 발라 구운 어묵을 내어주었을 테지만, 가난한 무가의 구두쇠에게 하숙을 든 이상 어쩔 수가 없다. 아무리 생각해도 기요 할멈이랑 같이 사는 수밖에 없다. 만약 이 학교에 오래 있게 된다면 이리로 불러와야겠다. 튀김 메밀국수도 먹으면 안 되고, 경단도 먹으면 안 되고, 하숙집의 삶은 고구마만 먹다가 얼굴이 노래진다면 교육자도 재미없는 직업이다. 선종 스님들도 이것보다는 영양가 있는 음식을 먹으리라. 나는 고구마 한 접시를 비우고 책상 서랍에서 날계란 두 알을 꺼내 밥그릇 끝에 두드려 깨 먹으며 겨우 허기를 견뎠다. 날계란으로라도 영양을 보충하지 않으면 일주일에 스물한 시간이나 되는 수업을 어찌 견디겠는가.

오늘은 기요 할멈의 편지를 읽다가 온천 가는 시간이 늦어졌다. 하지만 매일 가는 온천이라 하루라도 빼먹는 건 마음이 편치 않다. 기차를 타고 다녀오자 싶어 늘 들고 다니는 빨간 수건을 챙겨서 역으로 가니 이삼 분 전에 기차가 떠나서 꽤 기다려야 했다. 벤치에 앉아 시키시마•를 한 대 피우고 있는데 마침 막물 군이 다가왔다. 나는 아까 이야기를 듣고 막물 군이 더욱 가여워졌다. 평소에도 하늘과 땅 사이에 얹혀사는 사람처럼 몸을 작게 움츠리고 있는 모습이 안쓰러웠는데 오늘 밤은 안쓰러운 정도가 아니다. 가능하다면 월급을 두 배로 올려주고 내일 당장 도야마 아가씨랑 결혼시켜서 한 달쯤 도쿄에서라도 놀다 오게 해주고 싶다. "어이, 온천 가십니까?

• 1904년에 발매한 필터 없는 일본 담배.

자, 이쪽에 앉으십시오." 내가 기세 좋게 자리를 양보하니 막물은 황송한 표정으로, "아닙니다, 저는 신경 쓰지 마십시오" 하고 사양 비슷한 걸 하며 그냥 서 있었다. "조금 기다려야 합니다. 피곤하니까 앉으세요" 하고 다시 권해보았다. 실은 어떻게든 내 옆에 앉히고 싶을 정도로 가여워서 못 견디겠다. "그럼 실례하겠습니다." 그러면서 겨우 내 말을 들어주었다. 세상에는 살살이처럼 뻗을 자리 안 뻗을 자리 구분 못 하고 주제넘게 얼굴을 내미는 녀석도 있다. 가시도치처럼 자기가 없으면 일본이 힘을 못 쓸 것처럼 거들먹거리는 인간도 있다. 그런가 하면 붉은 셔츠처럼 어설프게 포마드나 남성용품 중개상인을 자처하는 자도 있다. 프록코트만 입으면 살아 있는 교육의 화신이라도 되는 양 구는 너구리도 있다. 다들 자기가 잘났다고 뻐기지만 이 막물 선생처럼 있어도 없는 듯 인질로 붙잡힌 인형 같은 자태로 얌전히 있는 사람은 본 적이 없다. 얼굴은 똥똥하지만 이렇게 훌륭한 남자를 버리고 붉은 셔츠에게 넘어가다니 마돈나도 속을 알 수 없는 여자다. 붉은 셔츠를 한 트럭 가져와도 이만큼 멋진 남편은 못 찾는다.

"어디 불편하십니까? 무척 힘들어 보이시는데요……."

"아뇨, 딱히 이렇다 할 지병이 있는 건 아닙니다……."

"그렇담 다행입니다. 건강이 무너지면 다 무너지니까요."

"선생님은 상당히 건강해 보이시네요."

"예, 마르긴 했지만 아프진 않습니다. 아픈 건 너무 싫어요."

막물 군이 내 말에 빙긋이 웃었다.

어느 건물 입구에서 젊은 여자들의 웃는 목소리가 들려서 무심코 돌아보니 엄청난 사람들이 등장했다. 피부가 희고 헤어스타일이 세련된 키 큰 미인과 마흔대여섯 살쯤 되어 보이는 부인이 나란히 표를 파는 창구 앞에 서 있었다. 나는 미인을 수식하는 말을 잘 몰라서 뭐라 말은 못 해도, 아무튼 굉장한 미인이었다. 어쩐지 수정 구슬을 향수로 따뜻하게 해서 데워 손에 쥐고 보고 있는 듯한 기분이었다. 나이가 많아 보이는 쪽이 키는 작다. 그러나 얼굴이 많이 닮았기 때문에 엄마와 딸이라는 걸 알 수 있었다. 저런, 오는구나, 하며 막물 군은 까맣게 잊고 젊은 여자 쪽만 바라보았다. 그러자 막물 군이 내 옆에서 일어나 슬슬 여자 쪽으로 걸어가기 시작해서 조금 놀랐다. 마돈나인가 싶었다. 세 사람은 매표소 앞에서 가볍게 인사를 나누었다. 멀어서 무슨 소리를 하는지는 잘 들리지 않았다.

기차역 시계를 보니 이제 오 분 뒤에 기차가 떠난다. 말 상대가 사라져서 기차가 이제나 오나 저제나 오나 하고 기다리던 찰나 또 한 사람이 서둘러 기차역으로 달려왔다. 다름 아닌 붉은 셔츠였다. 얇고 하늘하늘한 비단 기모노에 주름이 자글자글 들어간 허리띠를 느슨하게 매고서 늘 그렇듯 금 시곗줄을 늘어뜨리고 있었다. 저 시곗줄은 가짜다. 붉은 셔츠는 누가 알겠나 하고 자랑스럽게 드러내고 다니지만 나는 안다. 달려온 붉은 셔츠는 주위를 흘긋흘긋 둘러보더니 매표소 앞에서 이야기를 나누고 있는 세 사람에게 정중하게 인사를 건네고 두세 마디 했다. 그러고는 늘 그러듯 고양이 걸음으로 내 쪽으로 와서는, "어이, 자네도 온천 가나. 늦을까 싶어 서둘러 왔는데 아직 삼사 분 남았군. 저 시계가 맞는지 모르겠네" 하고 자기 금시계를 꺼내더니 "이 분 정도 틀리군" 하며 내 옆에 앉았다. 여자 쪽은 눈길도 주지 않고 지팡이에 턱을 괸 채 정면만 응시했다. 노부인은 가끔씩 붉은 셔츠 쪽을 보았지만 젊은 여자는 앞만 보고 있었다. 마돈나가 틀림없었다.

이윽고 삑 하는 기적이 울리며 기차가 도착했다. 기차를 기다리던 사람들이 앞다투어 차량에 몸을 실었다. 붉은 셔츠가 맨 먼저 일등석에 올라탔다. 일등석이라고 뻐길 건 아니다. 스미타까지 일등석이 5전이고 이등석이 3전이니 겨우 2전 차이로 상하 구별이 생긴다. 형편이 별로인 나조차 일등석을 끊고 흰색 표를 쥐고 있어서 안다. 시골의 구두쇠들은 2전 차이에도 엄청난 고민이 있는 듯 대부분 이등석 차표를 샀다. 붉은 셔츠 다음으로 마돈나와 마돈나의 어머니가 일등석에 들어갔다. 막물 군은 항상 이등석만 탄다. 막물 선생은 이등석 입구에서 살짝 망설이는 것 같았지만 내 얼굴을 보자마자 작심한 듯 올라탔다. 나는 그때 막물 군이 너무 불쌍해서 뒤따라 같은 차량에 몸을 실었다. 일등석 차표로 이등석에 타는 것이니 문제는 없을 것이다.

온천에 도착한 뒤 유카타 차림으로 3층에서 내려와 탕에 들어갔다가 다시 막물 군을 만났다. 나는 회의 자리 같은 데서는 늘 말문이 막히지만 평소에는 대화를 즐기는 편이라 탕 안에서 막물 군에게 이런저런 말을 건넸다. 어쩐지 가여워서 견딜 수가 없었다. 이럴 때 상대방의 마음을 조금이라도 위로하는 것이 에돗코의 의무다. 하지만 아쉽게도 막물 군은 내 장단에 맞춰줄 여력이 없는 모양이었다. 내가 무슨 말을 해도 네, 라거나 아뇨, 라고만 했다. 나중에는 네, 아뇨, 마저도 귀찮아하는 것 같아서 결국에는 내가 먼저 그만두었다.

붉은 셔츠는 탕에서 못 만났다. 욕탕 개수가 많기 때문에 같은 기차를 탔다고 꼭 탕에서 만나리라는 법은 없다. 크게 이상하다는 생각은 들지 않았다. 온천장을 나오니 달이 밝다. 마을 거리 양측에 버드나무가 심어져 있어서, 둥그렇게 뻗은 버드나무 가지가 일렁일렁 그림자를 드리우는 풍경 속으로 들어갔다. 산책이라도 해볼까. 북쪽으로 올라 마을 외곽으로 나가니 왼편에 커다란 문이 있고 문 너머에 절이 있었다. 그 절 양옆은 유곽이다. 절 옆이 유곽이라니 전대미문이다. 잠깐 들어가보고 싶었지만 또 회의 시간에 너구리한테 한 방 먹을지도 몰라서 포기하고 그냥 지나쳤다. 상점가에 있는 검은 포렴을 건 작은 격자창 가게는 내가 경단을 먹다가 출입 금지를 당한 곳이다. 초롱불에 단팥죽이니 조니•니 적혀 있고, 그 불빛이 처마 끝 버드나무 줄기를 비추고 있었다. 먹고 싶었지만 참고 지나갔다.

먹고 싶은 경단도 먹을 수 없다니 한심한 노릇이다. 그러나 내 약혼녀가 딴 놈한테 마음을 준다면 몇 배는 더 한심할 것이다. 막물 군을 생각하면 경단은커녕 삼 일쯤 굶어도 불평은 못 할 터다. 정말이지 인간만큼 믿을 수 없는 족속도 없다. 얼굴만 보면 그렇게 몰인정한 사람 같지는 않았는데……. 아름다운 사람은 마음씨가 곱지 않고, 퉁퉁 불은 겨울 호박 같은 고가 선생은 선량한 군자이니 방심할 수가 없다. 진솔하다고 여겼던 가시도치는 학생들을 선동했다고 하고. 학생들을 선동했나 싶었는데 교장에게 학생들의 처분을 종용하고. 기분 나쁜 짓만 일삼던 붉은 셔츠가 의외로 친절하며, 은연중에 내게 조심하라고 조언을 하나 했더니 마돈나를 속였다고 하고. 속였나 싶었더니 고가가 먼저 파혼하지 않으면 결혼은 하지 않겠다고 하고. 이카긴이 생트집을 잡아 나를 내쫓나 했더니 곧바로 살살이가 그 집에 들어가고……. 아무리 생각해도 도무지 믿을 수가 없는 게 인간 세상이다. 이런 이야기를 기요

● 떡과 채소, 버섯 등을 넣은 국물 요리.

할멈에게 한다면 깜짝 놀랄 것이다. 하코네 너머라 귀신이 들러붙어서 그런다고 할지도 모른다.

나는 원래 수더분한 성격이어서 무슨 일이 생겨도 큰 걱정 없이 이날 이때껏 참고 살았는데, 여기 오고 아직 한 달이 될까 말까 한데도 벌써 세상이 뒤숭숭하다. 별달리 유난스러운 사건이 있었던 것도 아닌데 벌써 나이를 대여섯 살은 더 먹은 기분이다. 얼른 접고 도쿄로 돌아가는 게 상책이리라. 그런 생각이 꼬리에 꼬리를 물다가 어느덧 돌다리를 건너 노제리강 제방까지 왔다. 강이라고 하면 대단한 것 같지만 사실은 강폭이 사람 키만 한 시냇물이다. 제방을 따라 1킬로미터 정도 내려가면 아이오이 마을이 나온다. 그 마을에는 관음상이 있다.

뒤돌아 온천 마을을 보는데 달빛 아래 붉은 등불이 반짝이는 모습이 보였다. 큰 북소리가 나는 곳은 유곽이 틀림없다. 강물이 수심은 얕아도 물살은 빨라서 신경질적으로 세차게 빛났다. 어슬렁어슬렁 제방 위를 걸으며 한 300미터 정도 내려갔나 했을 때 맞은편에서 사람의 그림자가 나타났다. 달빛 아래 그림자가 두 개였다. 온천에 왔다가 마을로 돌아가는 젊은이들인지도 모른다. 그렇다고 하기에는 노래도 안 부른다. 의외로 조용하다.

내 걸음새가 빠른 탓인지 걸을수록 두 사람의 그림자가 차츰 커졌다. 한 사람은 여자 같다. 스무 걸음 앞으로 거리가 좁

혀졌을 때, 남자가 휙 하고 돌아보았다. 달빛은 내 뒤에서 비치고 있었다. 그때 나는 남자를 보고 혹시나 하는 생각이 들었다. 남자와 여자는 다시 걷기 시작했다. 뭔가 짚이는 게 있어 전속력으로 따라붙었다. 상대는 눈치채지 못하고 아까처럼 천천히 걷고 있었다. 이제 대화 소리가 손에 잡힐 듯 가깝다. 강둑의 폭은 2미터쯤 되니까 세 사람이 겨우 나란히 걸을 정도다. 나는 수월하게 따라잡아 남자의 소매를 스치며 두 걸음 앞으로 나아갔다가 발뒤꿈치를 빙그르르 돌려 남자의 얼굴을 들여다보았다. 달빛이 정면으로 들이쳐 짧게 깎은 머리에서 턱 부근까지 내 얼굴을 환하게 비추었다. 남자는 작게 "앗" 하더니 황급히 옆을 돌아보며 "이제 가자" 하고 여자를 재촉하기 무섭게 온천 마을 쪽으로 되돌아갔다.

붉은 셔츠는 유들유들하게 어물쩍 넘어가려는 속셈이었을까, 소심해서 모른 척했을까. 동네가 좁아서 괴로운 건 나 하나만이 아니었다.

8

붉은 셔츠에게 이끌려 낚시를 다녀왔을 때는 가시도치가 의심스러웠다. 이유도 없이 하숙집을 나가라고 했을 때는 뭐 이런 막돼먹은 놈이 다 있나 싶었다. 하지만 회의 자리에서 의외로 당당하게 학생들을 엄벌에 처해야 한다고 주장했을 때는 이상하다 싶어 고개를 갸웃했다. 하기노 할머니한테서 가시도치가 막물 군을 위해 붉은 셔츠와 담판을 지으러 갔다는 소리를 들었을 때는 대단히 훌륭하다며 박수를 쳤다. 이런 상황으로 보건대 가시도치가 나쁜 사람일 리는 없다. 부도덕한 짓을 저지른 건 붉은 셔츠고 내게 엉터리를 넌지시 주입시킨 것도 그자가 아닌가 하고 의심하던 차에 노제리강 제방에서 마돈나와 함께 산책하는 녀석을 목격했다. 이후 나는 붉은 셔츠가 수상쩍다는 결론을 내렸다. 잘은 몰라도 좋은 사람은 아니다. 겉과 속이 다르다. 인간이란 모름지기 대나무처럼 올곧지 않으면 믿음직스럽지 않다. 올곧은 사람하고는 싸워도 기분이 좋다. 붉은 셔츠처럼 상냥한 놈, 친절한 놈, 고상한 놈, 호박 파이프를 과시하는 놈은 방심할 수 없다. 심지어 제대로 싸울 수조차 없다. 싸우더라도 힘 좋은 스모 선수들처럼 속 시원한 한판 승부가 불가능하다. 차라리 1전 5리로 티격태격하며 교무실 사람들을 깜짝 놀라게 만든 가시도치가 훨씬 더 인간적이다. 회의 때 눈을 희번덕거리며 나를 노려보는 순간에는 얄미웠다. 하지만 그것도 지금 생각하면 붉은 셔츠의 끈적끈적하고 간드러지는 목소리보다는 낫다. 사실은 회의 후에 가시도치와 화해하려고 몇 마디 건넸지만, 여전히 눈을 부라리며 나를 노려보기에 나도 화가 나서 그만두었다.

그 뒤로 가시도치는 나와 말을 섞지 않았다. 책상 위에는 내가 돌려준 돈 1전 5리가 아직도 먼지를 뒤집어쓰고 있었다. 나도 손대지 않았고 가시도치도 가져갈 생각을 안 했다. 1전 5리가 두 사람 사이에 가로놓인 장벽이 되어 나는 가시도치에게 말 걸고 싶어도 할 수가 없고, 가시도치는 고집스럽게 침묵으로 일관했다. 나와 가시도치에게 1전 5리는 재앙이었다. 나중에는 학교에서 1전 5리를 보는 것만으로도 고통스러웠다.

가시도치와 나는 절교 상태였지만, 붉은 셔츠와 나는 여전히 종래의 관계를 유지하며 가까이 지냈다. 노제리강에서 만난 다음 날, 학교에 갔더니 붉은 셔츠가 제일 먼저 다가와 이런저런 말을 걸었다. "새로 바뀐 하숙집은 어떤가? 나중에 또 같이 러시아 문학을 낚으러 가세." 얄밉다. "어제저녁엔 두 번 봤지요." "아, 기차역에서 말이지. 자네는 항상 그 시간에 가나? 꽤 늦은 시각이던데." "노제리강 제방에서도 봤지요." 정곡을 찔러 말했다. "아니, 그쪽으로는 가지도 않았어. 온천 갔다가 바로 왔네." 실제로 만나놓고 숨기긴 왜 숨기나. 거짓말을 밥 먹듯이 하는 놈이다. 그러고도 중학교 교감이라니. 그럼 나는 대학교 총장도 하겠다. 이때부터 붉은 셔츠를 더욱 못 믿게 되었다. 믿지 못하는 붉은 셔츠하고는 대화를 나누고, 훌륭하다고 감탄한 가시도치하고는 말도 안 섞는다. 알 수 없는 세상이다.

하루는 붉은 셔츠가 할 이야기가 있다면서 자기 집까지 와 달라기에 아쉽지만 온천을 하루 쉬고 4시쯤 집을 나섰다. 붉은 셔츠는 혼자 살지만 직책이 교감인 만큼 하숙은 예전에 걷어치우고 훌륭한 현관이 있는 집에 살았다. 월세는 9엔 50전이란다. 시골에 와서 9엔 50전을 내면 이렇게 멋진 집에 살 수 있다. 나도 분발해서 도쿄의 기요 할멈을 불러 기쁘게 해주고 싶을 정도로 훌륭한 현관이다. "계십니까?" 했더니 붉은 셔츠의 남동생이 손님을 맞으러 나왔다. 남동생은 우리 학교 학생인데 나한테 대수학과 산술을 배우지만 실력은 그저 그렇다. 게다가 도심지 출신이라 시골 아이들보다 약은 면이 있다.

붉은 셔츠를 만나 용건을 물으니 호박 파이프로 단내 나는 담배를 피우며 말했다. "자네가 오고 나서 전임자가 있을 때보다 학생들 성적이 많이 향상됐어. 교장도 괜찮은 인재가 들어왔다고 기뻐하고 있고……. 학교에서도 신뢰하고 있으니 부디 잘 가르쳐주게."

"그렇습니까. 하지만 지금보다 더 잘할 수는 없는데요……."

"지금 정도로 충분해. 다만 지난번 이야기는 잊지 말고."

"하숙집 소개해주는 사람은 멀리하라는 것 말인가요."

"그렇게 노골적으로 말하면 쓰나……. 뭐, 됐네……. 내 말뜻은 자네도 잘 알 테니. 그래서 자네가 지금처럼 잘해준다면 학교 측에서도 다 보고 있으니 사정만 맞으면 제대로 대우할 걸세."

"아, 월급요. 월급 같은 건 아무래도 좋지만 올라서 나쁠 건 없지요."

"다행히 이번에 전근 가는 사람이 생겼어……. 물론 교장 선생님과 의논을 해야겠지만……. 조금은 그 봉급에서 융통할 수 있을 것 같으니까 내가 교장 선생님께 잘 말씀드려볼까 하는데."

"고맙습니다. 그런데 누가 전근을 갑니까?"

"곧 발표할 테니 말해도 괜찮겠지. 실은 고가 군이라네."

"고가 선생은 이 지역 사람이 아닙니까?"

"이 지역 사람이지만 약간 사정이 생겼어……. 반쯤은 본인이 원한 거지."

"어디로 갑니까?"

"규슈 남쪽 노베오카인데…… 지역이 지역이니만큼 한 호봉 올려서 가기로 했다네."

"대신할 사람이 옵니까?"

"후임자도 정해졌어. 그 후임자에 따라 자네 대우도 달라질 걸세."

"흠, 알겠습니다. 하지만 무리해서 올려주지 않으셔도 됩니다."

"아무튼 나는 교장 선생님께 말씀드릴 생각이야. 교장 선생님도 동의를 할 것 같은데, 그렇게 되면 자네도 더 열심히 일을 해줘야 해. 앞으로 그런 각오로 임해주게."

"수업이 더 늘어납니까?"

"아니, 수업은 지금보다 줄어들지도 몰라."

"시간은 줄고 일은 더 는다고요? 아리송하네요."

"언뜻 듣기엔 이상하겠지. 지금 확언하기는 어렵지만 아무튼 자네에게 더 중대한 책임을 맡길지도 모른다는 뜻일세."

전혀 모르겠다. 지금보다 중대한 책임이라면 수학 주임일 텐데 주임인 가시도치가 사표를 쓸 리는 없다. 학생들에게 인망이 두터워서 전근이나 면직은 학교로서도 득이 안 될 것이다. 붉은 셔츠의 말은 아무리 들어도 적응이 안 된다. 이해는 안 가지만 할 말은 끝났다. 그 후 잠시 잡담을 나누는 동안 막물 군의 송별회 이야기를 하며 내가 술을 마시는지 묻기도 하고, 막물 선생은 군자라 어딜 가나 사랑받을 거라는 이야기를 하기도 했다. 마지막으로 화제를 돌려 "자네, 하이쿠는 짓는가?" 하고 묻기에 이건 큰일이다 싶어 "하이쿠는 안 짓습니다. 안녕히 계십시오" 하고 말을 끝마치기 무섭게 집으로 돌아왔다. 하이쿠를 읊는 건 바쇼나 이발소 주인이 할 법한 일이다. 수학 선생이 나팔꽃에게 두레박을 빼앗겨서야

되겠는가.•

집에 돌아와 곰곰이 생각했다. 세상 사람들은 참으로 속을 알 수 없다. 자기 집에 근무할 학교까지 부족함 없는 고향이 있는데, 그게 싫어져서 낯선 타향으로 고생을 자처하러 떠나다니 말이다. 전차가 다니는 화려한 데라면 또 모르겠다. 노베오카는 두메산골이 아닌가. 나는 배가 드나드는 곳으로 왔는데도 한 달이 채 안 돼 돌아가고 싶다. 노베오카라면 산속의 산속 중에서도 한참 산속이다. 붉은 셔츠 말에 따르면 배에서 내려 온종일 마차를 타고 미야자키로 가서 미야자키에서 다시 온종일 마차를 타야 도착할 수 있다고 한다. 이름만 들어도 산골짝 냄새가 난다. 원숭이와 인간이 반반씩 살고 있을 것이다. 아무리 성인군자 막물 군이라 해도 자기가 좋아서 원숭이를 상대하고 싶지는 않을 텐데, 이 무슨 중뿔난 짓이란 말인가.

그러고 있는데 할머니가 여느 때처럼 저녁밥을 가져왔다. "오늘도 고구마입니까?" "아녀유, 오늘은 두부여유." 거기서 거기다.

"할머니, 고가 선생이 규슈로 간다지요."

• 가가노 지요조(1703~1775)의 하이쿠에서. "나팔꽃에게 두레박을 빼앗겨 물을 주었네".

"아유, 가여워서 워쩐대유."

"가엾긴요, 본인이 좋아서 간다는데요."

"좋아서 가긴 누가 좋아서 간대유."

"누구긴 누구겠어요, 당사자겠죠. 고가 선생이 괜한 호기심에 그러는 거 아니겠어요."

"선생님, 워째 그런 헛소릴 허신대유."

"헛소리라뇨. 붉은 셔츠가 한 말인데, 그게 사실이 아니라면 붉은 셔츠가 거짓말쟁이에 헛소리꾼이겠군요."

"교감 선생이 그리 말하는 것두 지당허지만, 고가 선생이 가기 싫은 것두 지당허쥬."

"그럼 두 사람 다 지당한 거네요. 할머니는 공평해서 좋습니다. 도대체 어떻게 된 겁니까."

"오늘 아침에 고가 선생 어머님을 만나서 사정을 다 들었슈."

"무슨 사정인데요."

"그 집 아버님이 돌아가시고 생각보다 집안 사정이 넉넉지 않아 힘들었는디, 어머님이 교장 선생을 만나 벌써 4년이나 일을 했으니 월급을 조금 올려달라고 부탁혔대유."

"오호."

"교장 선생은 잘 알았다고 했구유. 어머니두 안심허구 조만간 월급이 오르겠다 싶어서 이달일까 다음 달일까 목을 빼고 기다리는디, 교장 선생이 고가 선생헌티 잠깐 보자구 혀서 가보니, 안됐지만 학교에 돈이 부족해서 월급을 올려줄 수가 없다, 하지만 노베오카에 자리가 있다고 하니 거기 가면 매달 5엔 정도는 더 받을 수가 있다, 원하는 대로다 싶어 그쪽에 가도록 수속을 밟았으니 그런 줄 알라 혔대유."

"그건 상담이 아니고 명령이잖아요."

"그쥬. 고가 선생두 다른 데 가기보다는 기존 월급이라두 좋으니 여기 있고 싶다, 본가두 있구 어머니두 계시니 부탁드린다 혔는디, 벌써 그렇게 정해졌구 후임자도 올 거라 어쩔 수 없다, 교장 선생이 그러더래유."

"아니, 사람을 괄시해도 유분수지. 그렇다면 고가 선생은 갈 마음이 없는 거네요. 어째 이상하다 싶었어. 5엔 정도 올랐다고 그런 산골짜기에 틀어박힐 벽창호는 없으니."

"벽창호는 선생님이쥬."

"뭐라고 해도 좋습니다. 다 붉은 셔츠의 계략이군요. 정말 못됐습니다. 감쪽같이 속았어요. 그런 식으로 내 월급을 올려준다니 말도 안 돼. 올려주면 누가 받을 줄 알고."

"선생님은 월급이 오르나유."

"올려준다고 했지만 거절할 겁니다."

"워째 거절한대유."

"아무튼 거절할 겁니다. 할머니, 붉은 셔츠는 진짜 나쁜 놈이에요. 비겁하게 말이야."

"아무리 비겁혀두 월급을 올려준다고 허믄 조용히 받아두셔유. 젊었을 때는 화도 나겄지만 나이 들구 생각허믄 그때 좀 참을걸 하고 후회를 하는 뱁이어유. 괜히 안 봐도 될 손해를 봤다고 말여유. 이 늙은이 말을 듣고 붉은 셔츠가 월급 올려준다믄 고맙습니다, 하고 받으셔유."

"아무것도 모르면서 쓸데없는 참견하지 마세요. 월급이 오르든 내리든 내 월급이니까."

할머니는 말없이 물러갔다. 할아버지는 느긋한 목소리로 요곡을 부른다. 요곡이란 읽으면 아는 걸 일부러 어렵게 꼬아 노래로 만든 거다. 저런 걸 매일 밤 질리지도 않고 읊어대는 노인네 속도 알 수가 없다. 나는 지금 요곡을 논할 때가 아니다. 월급을 올려준다기에 남아도는 돈을 놀리는 것도 아깝지 싶어 별생각 없이 승낙했는데, 전근 가기 싫어하는 사람을 전근 보내고 그 월급을 떼어 내게 준다니 그런 인정머리 없는 짓이 어디 있나. 당사자가 원래대로 주어도 괜찮다는데 굳이 규슈 벽촌까지 쫓아내는 건 무슨 짓인가. 스가와라 미치자네도 하카타 부근에 정착했다. 가와이 마타고로도 구마모토에서 멈추지 않았나.• 아무튼 다시 붉은 셔츠 집으로 가서 거절하고 오지 않으면 마음이 편치 않겠다.

하카마를 갖춰 입고 다시금 집을 나섰다. 커다란 현관 앞에서서 사람을 부르자 아까 그 남동생이 나왔다. 내 얼굴을 보자 왜 또 왔느냐는 눈초리다. 용무가 있으면 두 번이고 세 번이고 온다. 한밤중이라도 문을 두드려 깨울 것이다. 교감의 환심이라도 사러 온 줄 착각하나. 월급 인상은 됐다는 말을 하러 온 거다. 그러자 남동생이 지금은 손님이 있다고 했다. 현관 앞이라도 좋으니 잠깐 만나고 싶다 했더니 안으로 안내했다. 현관 앞 발밑에 다다미 깔개로 된 얇은 게다가 있었다. 안에서 "만세입니다!" 하는 목소리가 들렸다. 손님이라는 게 살살이였다. 살살이니까 저렇게 살살거리는 목소리로 광대나 신을 법한 게다를 신고 다닌다.

잠시 후 붉은 셔츠가 등불을 손에 들고 현관으로 나왔다. "오, 어서 오게. 다른 사람이 아니라 요시카와 군이 와 있네" 하기에 "아닙니다, 여기서도 충분합니다. 잠깐이면 됩니다" 했다. 붉은 셔츠의 얼굴을 보니 긴토키••처럼 벌겋다. 살살이와 한잔하는 모양이다.

"아까 제 월급을 올려준다고 하셨는데, 생각이 좀 바뀌어서 거절하러 왔습니다."

● 정치적 계략에 휘말려 교토 궁궐에서 쫓겨난 스가와라 미치자네(845~903)와 오카야마의 무사였다가 사람을 죽이고 달아난 가와이 마타고로(1611~1634)를 이른다. 같은 규슈라도 하카타나 구마모토보다 막물 군이 부임하는 노베오카가 훨씬 더 벽촌이라는 뜻.

●● 온몸이 벌건 전설상의 인물.

붉은 셔츠는 등불을 앞으로 내밀어 내 얼굴을 확인할 뿐 말문이 막혀 어리둥절한 표정만 짓고 있었다. 월급을 올려준다고 하는데 거절하는 놈이 어디 있나 싶었는지, 아니면 곧바로 또 온 이유가 월급 인상 거절이라는 게 신기했는지, 혹은 둘 다인지 기묘한 입 모양을 하고서는 우두커니 서 있다.

"아까 제가 승낙을 한 것은 고가 선생이 자기 뜻대로 전근을 간다고 해서였고……."

"고가 선생은 전적으로 자기 뜻대로 전근 가는 것이나 마찬가지네."

"그렇지 않습니다. 여기 있고 싶어 합니다. 원래 받는 월급도 괜찮으니까 고향에 있고 싶다고 합니다."

"고가 선생이 그리 말하던가."

"그게 당사자한테서 들은 건 아닙니다."

"그렇다면 누구한테 들었나."

"하숙집 할머니가 고가 선생의 어머니한테 들은 것을 오늘 제게 알려주었습니다."

"그렇다면 하숙집 할머니가 그렇게 말한 것이로군."

"그렇습니다."

"그건 사실과 다른데. 아무튼 선생은 하숙집 할머니의 말은 믿지만 교감인 내 말은 못 믿겠다는 것이로군. 그런 뜻으로 받아들여도 되겠나."

나는 살짝 당황했다. 역시 대학 나온 문학사답다. 이상한 부분을 집요하게 걸고넘어진다. 나는 아버지한테서 경솔하다는 핀잔을 자주 들었는데, 아닌 말로 다소 경솔한 구석이 없는 건 아니다. 할머니 이야기만 듣고 열불이 나서 달려왔지만, 실은 막물 군이나 막물 군 어머니를 만나 자세한 사정을 듣지는 않았던 것이다. 그러니 이렇게 문학을 하는 놈들 방식으로 치고 들어오면 속수무책이다.

정면 승부는 어려워도 나는 이미 붉은 셔츠에게 당신을 신임하지 않는다는 속뜻을 내비쳤다. 하숙집 할머니가 자린고비에 욕심쟁이인 건 맞지만 거짓말을 하는 사람은 아니다. 붉은 셔츠처럼 앞뒤가 다른 인간이 아니다. 나는 하는 수 없이 이렇게 대답했다.

"교감 선생님 말씀이 사실인지도 모르겠지만…… 아무튼 월급 인상 건은 거절하겠습니다."

"그렇담 더욱 우습군. 지금 자네가 일부러 여기까지 온 것은 월급 인상을 받아들일 수 없다는 이유를 찾아냈기 때문이라고 들었네만, 내 설명으로 그 이유가 사라졌는데도 월급 인상을 거절하겠다는 것은 조금 이해하기 힘드네."

"이해하기 힘들지도 모르겠지만, 아무튼 거절합니다."

"그렇게 싫다니까 억지로 주지는 않겠네만, 두세 시간 만에 특별한 이유도 없이 태도를 싹 바꾸다니, 그건 앞으로 자네

신용에도 문제가 될 걸세."

"문제가 있어도 상관없습니다."

"상관없을 리가 없지. 사람한테 신용만큼 중요한 것 없으니. 가령 한발 물러나 하숙집 할아버지가……."

"할아버지가 아니고 할머닙니다."

"어느 쪽이든 좋아. 하숙집 할머니가 자네한테 한 이야기가 사실이라고 해도, 자네의 월급 인상은 고가 선생 몫을 떼어 주려는 게 아니야. 고가 선생은 노베오카로 가네. 그리고 후임자가 오지. 후임자가 고가 선생보다 월급을 조금 덜 받기로 되어 있어. 그 남은 몫을 자네한테 준다는 거니 자네는 누구한테 미안할 필요가 없네. 고가 선생은 노베오카에서 지금보다 대우를 잘 받을 거고, 신임 선생은 처음부터 낮은 금액을 받기로 약속을 했지. 그러니까 지금 자네 월급이 오른다면 이렇게 좋은 상황은 없을 텐데 말이야. 싫다면 어쩔 수 없네만, 집에 가서 다시 한번 생각해보게."

내 머리는 그리 좋지 않다. 평소라면 상대방이 이렇게 교묘하게 꼬여냈을 때, 그래, 내가 틀렸구나, 하고 꼬리를 내리며 물러났겠지만 오늘 밤만큼은 그러고 싶지 않았다. 처음 이 학교에 왔을 때부터 붉은 셔츠가 어쩐지 마음에 안 들었다. 도중에 친절하게 간들거리는 목소리를 내기에 다시 생각을 하기도 했지만, 그게 친절도 뭣도 아닌 듯하여 그 반동으로 지금은 아주 싫어졌다. 그러니 저쪽이 제아무리 논리적으로 튼실한 변설을 늘어놓고, 교감이랍시고 나에게 함부로 대하려 들어도, 그런 건 상관없다. 말을 잘하는 사람이 훌륭하다는 법은 없다. 휘둘리는 사람이 잘못되었다는 법도 없다. 겉으로 보기에 붉은 셔츠가 아무리 위엄 있고 잘나 보여도 사람을 속마음까지 끌리게 할 수는 없다. 돈이나 위력이나 논리로 인간의 마음을 살 수 있다면, 고리대금업자나 경찰이나 대학교수가 가장 큰 호감을 사야 한다. 중학교 교감 정도의 논법으로 어찌 나의 마음을 움직인단 말인가. 인간은 좋고 싫은 감정으로 움직이는 법이다. 논리로 움직이는 게 아니다.

"선생님 말씀이 옳습니다. 하지만 저는 월급을 더 받고 싶은 마음이 없어졌으니까 그냥 거절하겠습니다. 더 생각해볼 것도 없습니다. 안녕히 계십시오." 그렇게 말하고 문을 나섰다. 머리 위로 한 줄기 은하수가 흐르고 있었다.

9

막물 군의 송별회가 있던 날 아침, 학교에 갔더니 가시도치가 갑자기 날 붙들고 장황하게 사과를 했다. "이보게, 며칠 전에 이카긴이 나한테 와서 자네가 행패를 부려 곤혹스러우니

제발 나가게 해달라고 부탁하기에 곧이곧대로 듣고 자네한테 나가라 했는데, 나중에 들어보니 아주 나쁜 놈이더군. 가짜 글씨에 거짓 낙관을 찍어서 강매한다니 자네 일도 분명 엉터리로 지어낸 걸세. 자네한테 족자나 골동품을 팔아먹으며 장사를 하려 했는데 자네가 상대도 해주지 않으니까 벌이가 안 나와서 나를 속인 거야. 그런 사람인 줄도 모르고 내가 자네한테 아주 큰 결례를 범했네. 용서해주게."

나는 아무 말 없이 가시도치의 책상 위에 있던 1전 5리를 집어서 내 똑딱 지갑 속에 넣었다. "자네, 그거 도로 가져가는 건가?" 가시도치가 미심쩍어하며 묻기에 "맞습니다. 선생님한테 얻어먹고 싶지가 않아서 꼭 돌려줄 생각이었는데, 나중에 곰곰이 생각해보니 역시 얻어먹는 게 좋겠다 싶어서 도로 가져갑니다" 하고 설명했다. 가시도치는 으하하 큰 소리로 웃더니, "그렇다면 왜 더 빨리 가져가지 않았나?" 하고 물었다. "실은 가져가야지 가져가야지 했는데 어째 손이 부끄러워서 그냥 두었습니다. 요즘은 학교에 와서 1전 5리를 보기만 해도 진저리가 날 정도였습니다." "자네도 어지간히 지기 싫어하는군." "선생님도 어지간히 옹고집입니다." 그러고는 둘이서 질의응답 시간을 가졌다.

"자네는 도대체 고향이 어딘가?"

"에돗코입니다."

"음, 에돗코였군. 어째 안 지려고 아득바득댄다 싶었어."

"선생님은 어딥니까?"

"나는 아이즈."

"아이즈라면 옹고집도 일리가 있네요. 오늘 송별회 오십니까?"

"가고말고. 자네는?"

"저도 물론 갑니다. 고가 선생이 떠나는 날에는 해변으로 가서 배웅하고 올 생각까지 하고 있습니다."

"송별회는 재미있을 거야. 꼭 오게. 오늘 거나하게 마시지."

"마시든지 말든지 하십시오. 저는 회만 먹고 곧바로 나올 겁니다. 술은 바보들이나 마시는 겁니다."

"자네는 걸핏하면 싸움을 거는군. 경거망동하는 에돗코 성질 그대로야."

"마음대로 생각하십시오. 그리고 송별회 가기 전에 잠깐 우리 집에 들르십시오. 할 이야기가 있으니."

가시도치는 약속대로 내 하숙집에 들렀다. 나는 요전부터 막물 군 얼굴을 볼 때마다 가여워서 견딜 수가 없었는데, 결국은 송별회 날까지 와버렸다. 너무 불쌍해서 갈 수만 있으면 내가 대신 가고 싶을 지경이다. 그래서 송별회 때 일장 연설이라도 해 가는 걸음을 응원해주고 싶은데, 나불거리는 내 목소리로는 도무지 흥이 나지 않기에 목청이 우렁찬 가시도치한테 부탁해 붉은 셔츠의 간담을 서늘하게 해주자 싶어서 일부러 우리 집으로 불러냈다.

나는 가장 먼저 마돈나 사건부터 언급했는데 가시도치는 물론 나보다 더 상세히 알고 있었다. 내가 노제리강 제방에서 만난 이야기를 하며, "그 자식은 바보입니다" 하고 말했더니 가시도치가 "자네는 아무나 붙잡고 바보라고 하는군. 오늘 학교에서도 나를 바보라고 하지 않았나. 내가 바보라면 붉은 셔츠는 바보가 아냐. 나는 붉은 셔츠와 같은 부류가 아닐세" 하고 주장했다. "그렇다면 붉은 셔츠는 얼빠진 멍텅구리입니다"라고 했더니, "그래, 그거야" 하고 격하게 맞장구를 쳤다. 가시도치가 용맹무쌍하기는 하지만 다가가 대화를 해보면 어휘력은 나에 한참 못 미친다. 아이즈 사람 성질은 이런 것이겠지.

그다음 월급 인상 사건과 붉은 셔츠가 장차 나를 등용시키려 한다는 말을 전했다. 가시도치는 흥 하고 콧방귀를 뀌더니만, "그건 나를 면직시키겠다는 얘기로군" 하고 말했다. "면직이라니, 선생님은 잘릴 각오를 하고 있었습니까?" 하고 물었다. "누가 잘릴 줄 알고? 내가 면직된다면 붉은 셔츠도 같이 면직시키겠어" 하며 큰소리쳤다. 어떻게 같이 면직될 거냐고 물으니 거기까지는 생각을 안 해봤단다. 가시도치가 힘은 세지만 지혜는 다소 부족한 것 같다. 내가 월급 인상을 거절했다고 하자 대단히 기뻐하며 역시 에돗코는 다르다고 입에 거품을 물고 칭찬했다.

막물이 그렇게 떠나기 싫어한다면 어째서 같이 유임 운동이라도 해주지 않았느냐고 물었더니, 막물한테서 이야기를 들었을 때는 이미 상황이 종료된 뒤라 교장한테 두 번, 붉은 셔츠한테 한 번 담판을 지으러 가봤는데도 어쩔 도리가 없었다고 했다. 거기다가 막물의 인격이 쓸데없이 너무 좋아서 탈이다. 붉은 셔츠가 말을 꺼냈을 때, 단호하게 거절을 하든지 한번 생각해보겠다고 하고 그 자리를 피했으면 좋았을 텐데, 그 달변가의 속임수에 넘어가 그 자리에서 용인을 해버렸으니 나중에 어머니가 울고불고해도, 또 가시도치가 담판을 지으러 가도 도움이 안 되었다면서 굉장히 아쉬워했다.

이번 사건은 붉은 셔츠가 막물을 떼어놓고 마돈나를 차지하려는 수작일 거라고 내가 말하자 "당연하지. 그 자식은 점잖은 얼굴로 나쁜 짓을 하면서 남이 잔소리하면 뒷구멍으로 내뺄 궁리만 하고 있으니, 여간 간사한 작자가 아니야. 그런 녀석은 따끔하게 주먹맛을 보아야 정신을 차리는데" 하며 팔을 걷어 알통이 울퉁불퉁한 근육을 보여주었다. 내친김에 나는 "강철 같은 팔이네요. 유도라도 하십니까?" 하고 물었다. 그러자 위팔에 힘을 잔뜩 주고는 나더러 알통을 잡아보라고 했다. 손끝으로 주물러보니 목욕탕에 있는 속돌처럼 단단했다.

나는 탄복을 금치 못하고, "이 정도 팔이면 붉은 셔츠 대여섯 명쯤은 거뜬히 쓰러뜨릴 수 있겠는데요?" 하고 말했다. "물론이지." 팔을 굽혔다 폈다 하니 알통이 피부 속에서 빙글빙글 돌았다. 대단히 유쾌했다. 가시도치의 말에 따르면, 노끈 두 줄을 꼬아 알통에 감고 힘을 주면 끊어진다고 한다. 노끈 정도라면 나도 끊을 수 있다고 했더니, "어림없지. 할 수 있겠나? 할 수 있으면 어디 한번 해보게" 했다. 끊어지지 않으면 체면이 상할 터라 어물쩍 넘어갔다.

"그나저나 어떻습니까. 오늘 밤 송별회에서 거나하게 술을 마신 뒤에 붉은 셔츠와 살살이를 그 힘으로 한 방 먹여주면요." 나는 반쯤 장난으로 권했다. 가시도치는 "글쎄" 하고 생각에 잠기더니 "오늘 밤은 그만두지" 했다. 왜냐고 묻자 "오늘 밤은 고가가 가여워. 그리고 힘으로 한 방 먹일 거라면 놈들이 나쁜 짓 하는 현장을 잡아야지. 안 그러면 우리 쪽이 난처해져" 하고 제법 분별력 있는 말을 덧붙였다. 가시도치도 나보다는 생각이 깊은 듯하다.

"그러면 연설로 고가 군을 크게 칭찬해주십시오. 제가 하면 에돗코가 나불대는 꼴이 볼썽사나울 겁니다. 그리고 저는 꼭 그런 자리에만 가면 위장에서 신물이 올라오고 목구멍이 콱 막혀서 말이 안 나와요. 부탁 좀 드리겠습니다." "얄궂은 병도

다 있군. 사람들 앞에서 입을 못 열고 살면 꽤나 답답하겠어."
"뭐 그렇게 답답할 것도 없습니다."

이래저래 이야기를 나누는 동안 시간이 다가와 가시도치와 함께 송별회 장소로 향했다. 가신테이라고 이 고장 일류 요릿집이라는데 나는 한 번도 가본 적이 없다. 오래전 다이묘 으뜸 가신인 가로의 저택을 사들여 그대로 개업한 곳으로 과연 외관부터 위엄이 넘쳤다. 가로의 저택이 요릿집이 되다니, 무사들이 갑옷 위에 입던 비단 하오리를 뜯어 속옷으로 만든 꼴이다.

둘이서 도착했을 무렵에는 이미 사람들이 대충 다 모여서 다다미 쉰 장 크기의 연회장에 두세 무리가 흩어져 앉아 있었다. 다다미 쉰 장인만큼 도코노마도 으리으리하고 멋있었다. 내가 야마시로야에서 점령했던 다다미 열다섯 장짜리 여관방의 도코노마하고는 비교도 안 된다. 폭은 대략 성인 둘이 누울 정도다. 오른쪽에 놓인 붉은 무늬 세토 도자기 항아리에는 커다란 소나무 가지가 꽂혀 있었다. 소나무 가지를 꽂고 무엇을 하려는 것인지는 몰라도 몇 달이 지나도 잎이 질 기색이 보이지 않을 테니 돈도 절약되리라. 저 세토 도자기가 어디 것인지 박물 교사에게 물어보았다. "저것은 세토 도자기가 아닙니다. 이마리 도자기입니다." "이마리도 세토에 포함되는 것 아닌가요?" 그랬더니 박물 교사는 에헤헤 웃었다. 나중에 물어보니 세토 도자기는 세토에서 나는 흙으로 구운 거라 그렇게 부른다고 한다. 나는 에돗코라 도자기는 전부 세토라고 부르는 줄 알았다. 도코노마 한가운데에 커다란 족자가 걸려 있었는데 내 얼굴만 하게 큼직한 글씨가 스물여덟 자 적혀 있었다. 너무 못 썼다. 한문 선생에게 저 글씨는 왜 저렇게 못났냐고 물었더니 가이오쿠라는 유명한 서예가가 쓴 거라고 알려주었다. 가이오쿠든 뭐든 나는 지금도 그 글씨가 못났다고 생각한다.

이윽고 서기인 가와무라 씨가 착석하라기에 나는 기둥 옆 기대기 좋은 곳에 앉았다. 가이오쿠 족자 앞에 너구리가 하오리 하카마 차림으로 착석하고, 왼쪽에 붉은 셔츠가 같은 하오리 하카마 차림으로 진을 쳤다. 오른쪽에는 오늘의 주인공 막물 선생이 앉았는데 역시 일본 전통 예복을 차려입고 왔다. 나는 양복 차림이라 바닥에 앉기가 불편해서 곧바로 양반다리를 했다. 옆자리 체육 교사도 검은 양복바지 차림이었지만 다른 사람들처럼 제대로 무릎을 꿇고 단정하게 앉아 있었다. 체육 교사이니만큼 상당한 수련이 쌓인 모양이다. 이윽고 상이 들어왔다. 술병이 놓였다. 간사가 일어나 개회사를 했다. 그다음은 너구리가, 이어서 붉은 셔츠가 일어섰다. 일어서는 사람마다 송별의 변을 늘어놓았는데, 셋 다 입을 맞춘 것처럼 막물 군이 얼마나 좋은 교사이고 성품이 좋은 사람인지 열변을 토했다. 이번에 떠나는 것을 진심으로 아쉽게 생각하며 학교뿐만 아니라 개인으로서도 크게 안타까운 일이지만 선생님이 일신상의 이유로 강력하게 전임을 희망하였기에 하는 수 없었다는 뜻을 전했다. 이런 거짓말을 늘어놓으며 송별회를 열고 그걸 눈곱만큼도 부끄러워하지 않는다. 세 사람 중에서도 특히 붉은 셔츠가 막물 군을 제일 많이 칭찬했다. 이토록 좋은 벗을 떠나보내는 것은 본인에게 실로 큰 불행이 아닐 수 없다는 말까지 했다. 심지어 그 말투가 얼마나 진짜 같은지 특유의 상냥한 목소리가 한결 더 애틋하게 들렸으니 처음 듣는 사람이라면 누구나 속아 넘어가리라. 마돈나도 얼추 이런 수법에 넘어간 게 분명하다. 붉은 셔츠가 한창 송별의 변을 늘어놓는 와중에, 내 맞은편에 앉아 있던 가시도치가 번개처럼 번뜩이는 눈빛으로 나를 보았다. 나도 검지로 눈 밑을 뒤집어 보이며 응답했다.

붉은 셔츠가 자리에 채 앉기도 전에 가시도치가 벌떡 일어섰다. 나는 너무 기쁜 나머지 무심코 박수를 짝짝 쳤다. 그러자 너구리를 비롯한 일동 전원이 나를 쳐다보는 바람에 조금 무안해졌다. 가시도치는 기운차게 입을 열었다. "방금 교장 선생님을 비롯해 교감 선생님까지 고가 군이 전근 가는 것을 대단히 아쉬운 듯이 말씀하셨지만 저는 조금 반대 의견을 갖고 있습니다. 고가 군이 하루빨리 이 동네를 떠나기를 희망하는 바입니다. 노베오카는 벽촌이고 이곳에 비해서는 물질적으로 살기 불편할 것입니다. 하지만 제가 듣기로 풍습이 대단히 순박하고 교직원과 학생들도 하나같이 선조와 같이 올곧고 정직한 기풍을 지니고 있다고 합니다. 마음에도 없는 찬사를 늘어놓고, 멀끔한 얼굴로 군자를 궁지에 몰아넣는 약아빠진 하이칼라 자식은 단 한 사람도 없으리라 믿기에, 고가 군처럼 따뜻하고 어질며 인정 많은 선비는 그 지방에서 크게 환영받을 것이 틀림없습니다. 저는 고가 군을 위해서 이번 전임을 크게 축하합니다. 끝으로 고가 군이 노베오카로 부임하면 그 고장의 훌륭한 숙녀를 배필로 삼아 하루라도 빨리 원만한 가정을 이루어 부정하고 절개 없는 이 동네 철모르는 아가씨가 부끄러워 죽고 싶도록 해주기를 희망하는 바입니다. 에헴, 에헴." 말을 마친 가시도치는 두 번 크게 기침을 하고는 자리에 앉았다. 나는 이번에도 박수를 치려고 했지만 또 다들 내 얼굴을 보는 게 싫어서 관두었다. 가시도치가 자리에 앉자 이번에는 막물 선생이 일어났다. 선생은 자기 자리에서부터 연회석 가장 끝자리에 앉은 사람에게까지 일일이 정중하게 인사를 한 다음 이렇게 말했다. "이번에 일신상의 이유로 규슈로 떠나게 되었습니다. 여러 선생님께서 이렇게 성대한 송별회를 열어주신 점 진심으로 감사드리며…… 특히 조금 전 교장 선생님, 교감 선생님, 아울러 다른 선생님들께서 준비해주신 송별사를 듣고 깊은 감명을 받았습니다. 늘 마음속에 간직하고 살겠습니다. 저는 이제 먼 곳으로 떠나지만, 부디 이제까지와 같이 따뜻한 사랑으로 지켜봐주시기 바랍니다." 그러면서 두 손 모아 깊이 고개 숙여 절을 하고는 자리로 돌아갔다. 막물 군은 도대체 어디까지 사람이 좋은지 알 수가 없다. 자기를 그토록 함부로 대하는 교장이나 교감에게까지 공손하게 예를 표한다. 그것도 형식적인 인사라면 또 모르겠지만 저 몸짓이나 말투나 표정을 보면 진심으로 감사하고 있는 듯하다. 이런 성인군자에게 진심 어린 인사를 받으면 마음이 안타까워 얼굴이 붉어질 것 같은데, 너구리나 붉은 셔츠는 진지한 표정으로 근엄하게 듣고만 있었다.

인사가 끝나자 여기저기서 후루룩후루룩 하는 소리가 들렸다. 나도 흉내 내어 국물을 마셔보았지만 맛이 없었다. 술안주로 어묵이 같이 나왔는데 거무칙칙한 것이 다른 걸 만들려다 실수로 만든 것 같다. 회도 나왔지만 너무 두꺼워서 참치 살을 날로 씹어 먹는 듯했다. 그런데도 옆에 앉은 무리는 우적우적 맛있게도 먹는다. 아마도 도쿄 음식을 먹어본 적이 없으리라.

그사이 따뜻하게 데운 술병이 빈번히 오가더니 돌연 사위가 소란스러워졌다. 살살이는 교장 앞으로 나가 한없이 공손하게 잔을 받는다. 짜증 나는 놈이다. 막물 군은 차례대로 술

잔을 주고받는데 보아하니 한 바퀴 돌 심산이다. 고생이 많다. 막물 군이 내 앞으로 와서 하카마 주름을 펴고 고쳐 앉으며 "한 잔 주시겠습니까?" 하기에 나도 꽉 끼는 양복바지 따위는 신경 쓰지 않고 무릎을 꿇으며 한 잔 올렸다. "이렇게 만나자마자 헤어지다니 아쉽습니다." "언제 떠나십니까. 그날은 꼭 해변까지 배웅을 나가고 싶습니다." 내 말에 막물 군은 "아닙니다. 바쁘실 텐데 그럴 수는 없지요" 하고 대답했다. 막물 군이 뭐라고 하건 나는 학교를 쉬는 한이 있어도 배웅하러 갈 참이다.

그렇게 한 시간 정도 흐르는 동안 술자리가 제법 어지러워졌다. "자, 한잔해, 아니 내 잔을 안 받으면 쓰나……." 어쩌고 하며 혀가 꼬부라지는 소리를 내는 자들도 하나둘 나왔다. 조금 지루해서 변소에 갔다가 별빛이 내려앉은 고풍스러운 정원을 바라보고 있으려니 가시도치가 다가왔다. "어때, 아까 내 연설 괜찮았지?" 꽤나 득의만만하다. 대찬성이었지만 딱 한 부분이 마음에 안 들었다고 했더니 어디냐고 물었다.

"멀끔한 얼굴로 군자를 궁지에 몰아넣는 약아빠진 하이칼라 자식은 노베오카에 없을 거라고, 그렇게 말했잖아요."

"응."

"하이칼라 자식 가지고는 부족합니다."

"그럼?"

"하이칼라 자식에, 야바위꾼에, 협잡꾼, 발톱을 숨긴 살쾡이, 천박하고 비열한 쥐새끼 같은 놈, 양아치, 입만 열면 멍멍 소리밖에 안 들리는 개자식이라고 했어야죠."

"아주 청산유수로구먼. 다른 건 몰라도 어휘력이 대단하네. 난 그 정도는 안 돼. 그러고도 연설을 못 한다니 신기한 일이야."

"싸울 때 써먹으려고 미리 준비해둔 겁니다. 연설 자리에서는 못 하죠."

"그런가. 술술 잘만 하던데. 한 번 더 해보게."

"얼마든지요. ……하이칼라 자식에 야바위꾼에, 협잡꾼……."

그러고 있는데 툇마루가 쿵쾅쿵쾅 울리더니 두 사람이 비틀거리며 달려왔다.

"거기 두 사람 너무했어……. 도망치다니…… 내가 있는 동안은 아무도 도망 못 가. 얼른 마시세. ……협잡꾼? ……재밌네. ……얼른 마시세."

그러면서 나와 가시도치를 쭉쭉 잡아당긴다. 사실은 두 사람 다 변소에 가려고 했는데 취해서 변소 가는 것도 잊고 우리를 잡아당기는 것이리라. 술주정뱅이는 눈앞의 일만 볼 줄 알았지 이전 일은 금세 잊어버리나보다.

"자, 여러분, 협잡꾼을 잡아 왔어. 얼른 이자들한테 술을 먹이게. 협잡꾼을 잔뜩 취하게 만들어야지. 자네, 도망가면 안 돼."

그러면서 도망 못 가도록 나를 벽에 밀어붙였다. 주위를 둘러보니 상 위에 먹을 만한 안주가 한 점도 없다. 자기 몫을 깨끗이 먹어치우고 상을 대여섯 개나 건너뛰어 안주 원정을 나간 작자도 있다. 교장은 어느새 집에 갔는지 안 보였다.

"이 방인가?" 게이샤 서너 명이 들어왔다. 나도 조금 놀랐지만 벽에 붙어 있었기에 가만히 보고만 있었다. 그러자 지금까지 도코노마 기둥에 기대어 잘난 척 호박 파이프를 피워대던 붉은 셔츠가 벌떡 일어나 밖으로 나가려고 했다. 맞은편에서 들어오던 게이샤 하나가 그 옆을 스쳐 지나가며 웃는 얼굴로 알은체했다. 제일 어리고 예쁜 게이샤였다. 멀어서 들리지는 않았지만, "어머, 안녕하세요." 정도의 인사말을 건넨 모양이다. 붉은 셔츠는 모른 척하고 나가서 다시는 돌아오지 않았다. 아마도 교장을 뒤따라 집에 갔을 것이다.

게이샤가 들어오자 연회장 분위기가 돌연 활기를 띠었다. 일동이 함성을 지르며 환영이라도 하듯 소란스럽다. 어떤 녀석은 게임할 돌을 쥔다. 그 소리가 어찌나 큰지 검술 연습이라도 하는 듯하다. 이쪽에서는 가위바위보를 하고 논다. 얍, 얍, 하고 정신없이 팔을 휘두르는데 제법 잘나가는 극단의 인형극보다 낫다. 반대편 구석에서는 "어이, 술!" 하고 술병을 흔들며, "술, 술을 더 달라니까!" 하고 보챈다. 너무 왁자지껄해서 견딜 수가 없다. 이 난리통에 조용히 고개를 숙이고 있는 건 막물 군뿐이다. 송별회는 그 사람의 전임을 아쉬워하는 자리가 아니다. 다 같이 술을 마시고 놀기 위한 자리다. 막물은 심심하고 괴롭기만 하다. 이런 송별회라면 안 여는 게 훨씬 낫다.

얼마 후 저마다 탁한 목소리로 노래를 부르기 시작했다. 내 앞에 있던 게이샤 하나가 "당신도 한 곡 해요" 하고 샤미센을 들었다. "나는 노래 안 한다. 네가 해봐"라고 했더니 "징 들고 북 들고 길 잃은 산타로와 어화둥둥 어화둥둥 나도 만나고파라. 징 들고 북 들고 어화둥둥 어화둥둥 만나고픈 사람 있어라." 두 소절 부르고는 "아이, 힘들어" 한다. 그렇게 힘들면 더 쉬운 곡으로 부르지.

그러자 어느새 다가온 살살이가 "스즈 짱, 만나고픈 사람을 만나러 왔는데 금방 가버려서 어쩌니?" 하며 늘 그러듯 만담가 같은 말투로 나불거렸다. "몰라요." 게이샤는 심드렁하게 대답했다. 살살이는 개의치 않고 "어쩌다가 만나기는 만났지만……" 하고 기분 나쁜 목소리로 기다유• 흉내를 낸다. "그만두세요." 게이샤가 손바닥으로 살살이의 무릎을 탁 치자 살살이는 좋아서 헤벌쭉하며 웃는다. 이 게이샤가 붉은 셔츠와 인사를 나눈 여자다. 게이샤한테 얻어맞고 헤벌쭉대다니 살살이

• 시대물 이야기에 곡을 붙여 샤미센 반주로 노래하는 근세의 음악 형식.

도 진짜 모자란 놈이다. "스즈 짱, 내가 기노쿠니•를 출 테니까 반주 좀 부탁해." 살살이는 거기다가 춤까지 출 모양이다.

저쪽에서는 이 없는 한문 영감이 입술을 일그러뜨리며 한 곡조 뽑고 있다. "알겠나요, 덴베 씨 당신과 나 사이는"까지는 무사히 끝냈는데, "그다음 뭐더라?" 하고 게이샤에게 묻는다. 늙으면 기억력이 감퇴하는 법이다. 한 게이샤는 박물 선생을 붙들고 있다. "요즘에는 이런 노래도 있어요. 한 곡 뽑아볼까요? 잘 들어보세요" 하고는 이런 노래를 불렀다. "하얀 리본 묶은 세련된 머리, 자전거를 타고, 바이올린을 켜며, 서툰 영어로 말을 하네. I am glad to see you." 그러자 박물 선생은 "아주 재미있구먼. 영어를 넣었어" 하고 감탄한다.

가시도치는 큰 소리로 "게이샤, 게이샤"를 외치며, "내가 검무를 출 테니 샤미센을 타봐" 하고 호령을 했다. 게이샤는 그 난폭한 목소리가 어처구니없어서 대답도 안 했다. 가시도치는 아랑곳하지 않고 지팡이를 든 채 한가운데로 나와서는 혼자 답파천산만악연•• 하며 숨겨둔 재주를 펼쳤다. 그러고 있는데 살살이는 이미 기노쿠니를 마치고, 갓포레•••를 마치

• 에도 시대 말에 술자리 춤곡으로 유행했던 노래.

•• 일본 한시의 한 소절. 수많은 산악을 타파하여 건너왔다는 뜻으로, 주군을 따라 고난을 무릅쓴 무장을 칭송하는 내용이다.

••• 속요 사이사이에 추는 익살스러운 춤.

고, 선반 위의 오뚝이가 어쩌고 하는 속요까지 마친 뒤 알몸에 훈도시 한 장 차림으로 종려나무 빗자루를 겨드랑이에 낀 채 "청일 담판 결렬되어……"● 하고 좌중을 누비고 다녔다. 미치광이가 따로 없다.

나는 아까부터 하카마 차림으로 괴로운 듯 앉아 있는 막물 군이 딱해서 견딜 수가 없었다. 아무리 자기를 위한 송별회라지만 알몸에 훈도시 차림으로 추는 춤을 하오리에 하카마까지 갖춰 입고 볼 필요는 없다 싶어서 "고가 선생님, 그만 가실까요" 하고 권해보았다. 그러자 막물 군은 "오늘은 제 송별회니까 제가 먼저 자리를 뜨는 것은 실례입니다. 제 걱정 마시고 먼저 가세요" 하고 움직일 기색이 없다. "뭘 신경 쓰십니까? 송별회가 송별회다워야지요. 저 꼴 좀 보세요. 미치광이들이에요. 자, 어서 가시지요." 내키지 않아 하는 걸 억지로 데리고 연회장을 나서려는데 살살이가 빗자루를 빙빙 휘두르며 달려왔다. "뭐야, 주인공이 먼저 가다니. 청일 담판이다. 못 간다!" 하며 빗자루를 앞으로 뻗어 길을 막았다. 나는 아까부터 화가 나 있었기 때문에 "청일 담판 좋아하네. 저리 꺼져" 하고 주먹으로 살살이 머리를 한 방 날려주었다. 살살이는 얼이 빠져 이삼 초가량 멍청히 섰다가 "이거 너무하네. 주먹질

● 청일전쟁 직전에 청년들 사이에서 유행하던 노래의 한 소절.

을 하다니 지나쳐. 이 몸을 때렸겠다, 진짜 청일 담판이다" 하고 알 수 없는 소리를 지껄이는데 뒤에서 가시도치가 소동이 난 것을 눈치채고 검무를 멈추고 달려와 살살이 목덜미를 확 잡아챘다. "청일…… 아이고, 아파라. 진짜 난폭한 짓이야." 그러면서 발버둥 치는 걸 옆으로 비틀었더니 쿵 나자빠졌다. 그 뒤로는 어떻게 되었는지 모른다. 중간에 막물 군과 헤어져 집으로 돌아가니 11시가 넘었다.

10

축승 날•이라 학교는 쉬었다. 연병장에서 행사가 있어서 너구리는 학생들을 인솔해 참렬해야 한다. 나도 교직원이라 따라갔다. 마을로 나오니 일장기 천지다. 눈이 아플 지경이다. 학생이 팔백 명이라 체육 교사가 대오를 짜서 한 반씩 간격을 두고 교직원이 한두 명씩 감독하기로 했다. 계획은 정교했지만 막상 해보니 대열이 터무니없이 엉성하게 흐트러졌다. 학생들은 애송이에 천둥벌거숭이인지라 규율을 깨지 않으면 학생의 체면이 서지 않는다고 생각하는 놈들이다. 교직

● 러일전쟁 승전을 가리킨다.

원 몇 명으로 질서는 어림도 없다. 시키지도 않은 군가를 불러젖히고, 끝나면 영문 모를 함성을 와아 내지르고, 영락없이 낭인들이 거리를 휩쓸고 지나가는 꼴이다. 군가도 함성도 안 내지를 때는 무슨 이야기들을 하는지 왁자그르르하다. 입을 안 열어도 걸을 수는 있을진대 일본인들은 다들 입부터 먼저 태어나기에• 아무리 잔소리해봐야 들은 척도 안 한다. 떠드는 것도 그냥 떠드는 것이 아니라 교사들 욕을 하니까 질이 낮다. 나는 숙직 사건으로 학생들에게 사죄를 받아내고 그 정도면 됐다 싶었다. 그런데 실상은 큰 착각이었다. 하숙집 할머니의 표현을 빌리자면, 그야말로 착각도 자유다. 학생들은 진심 어린 후회로 사죄한 게 아니었다. 그저 교장이 명령하니까 형식적으로 고개를 숙인 것이다. 상인이 고개만 숙이고 교활한 상술을 멈추지 않는 것처럼 학생도 사죄는 하지만 결코 장난질을 멈추지 않는다. 잘 생각해보면 세상이란 대부분 이런 학생들로 이루어져 있는지도 모른다. 사과를 하고 용서를 빈다고 곧이곧대로 다 받아주는 건 순진한 바보나 하는 짓이다. 사과도 가짜 사과이므로 용서도 가짜 용서라 여겨도 무방하다. 만약 진심 어린 사과를 받고 싶다면 정말로 후회할 때까지 두들겨 패주지 않으면 안 된다.

• 관용적인 표현으로, 달변가나 수다쟁이를 두고 입부터 먼저 태어난다고 한다.

내가 학생들 무리로 들어가니 튀김이 왔네, 경단이 왔네, 쉬지 않고 조잘조잘 시끄럽다. 인원이 많아 누가 한 소린지도 알 수 없다. 알아낸다고 해도 저는 튀김이라고 말한 적 없어요, 경단이라는 소리는 입 밖에도 꺼낸 적 없어요, 선생님이 신경쇠약으로 배배 꼬여서 잘못 들은 겁니다, 같은 소리를 꺼낼 게 뻔하다. 이런 비열한 근성은 봉건시대부터 이 땅에 양성된 습성이라 백날 가르쳐봐야 소용없다. 이런 땅에 1년쯤 살면 멀쩡한 나까지 그리될 것이다. 상대는 몰래 발뺌을 해서 내 얼굴에 먹칠을 하는데, 그걸 그냥 지켜볼 얼간이가 세상 어디에 있겠는가. 상대방이 인간이면 나도 인간이다. 학생이든 애송이든 덩치는 나보다 크다. 그러니 어떻게든 벌을 내려 되갚아주어야 마땅하다. 하지만 이쪽에서 평범한 방식으로 보복한다면 상대가 역공할 것이다. 초장부터 나쁜 건 네놈들이라고 몰고 간다면 도망갈 구멍을 미리 파놓고 막힘없이 변명을 쏟아내리라. 그러면서 자기들은 잘났다고 추켜세우고 내 잘못을 공격하겠지. 애초에 보복을 위해 시작한 일이기에 상대방 잘못을 찾아내지 못한다면 꼼짝없이 당할 것이다. 결국은 상대방이 손쓴 대로 세상 사람들에게는 내가 먼저 싸움을 건 것처럼 보이고 만다. 어마어마한 불이익이다. 그렇다고 바보처럼 가만히 앉아만 있으면 학생들은 나중에 더 못된 짓을 할 테니, 거창하게 말해 세상에 도움도 안 된다. 그러므로 내가 말려들지 않으면서도 상대방이 속수무책으로 당할 수법을 생각해야 한다. 안 그러면 에돗코도 엉망진창이 된다. 1년씩이나 당했으니까 어서 매듭짓고 되도록 빨리 도쿄로 돌아가서 기요 할멈이랑 살고 싶다. 이런 시골에 온 것부터가 타락하러 온 것이나 다름없다. 신문 배달을 하는 게 낫다.

그런 생각을 하며 마지못해 따라가는데, 돌연 선봉이 왁자지껄 소란스러워지더니 대열이 우뚝 멈추었다. 이상해서 오른쪽으로 빠져나가 앞을 보니 사거리 모퉁이에서 대열이 막혀 밀치락달치락 싸우고 있었다. 전방에서 쉰 목소리로 "조용히, 조용히" 하며 다가오는 체육 교사에게 무슨 일이냐고 물었더니 사거리에서 중학교와 사범학교가 충돌을 했단다.

중학교와 사범학교는 어느 지역을 가든 개와 고양이처럼 사이가 안 좋다. 무슨 일만 있으면 싸운다. 좁은 동네라 할 일이 없으니 심심풀이로 더 그러는 것이리라. 나는 싸움이 신나는 사람이라 충돌이라는 말을 듣고 반쯤 재미로 달려가보았다. 그러자 앞에 있던 우리 학교 놈들이 "흥, 세금으로 붙어 있는 주제에.• 어서 비켜" 하고 성질을 냈다. 뒤에서는 "밀어, 밀어" 하고 큰 소리를 낸다. 내가 거치적거리는 학생들 사이를 빠져나와 모퉁이로 막 들어서는데, "앞으로!" 하는 높고 날

• 사범학교는 세금으로 운영되어 학비가 전액 면제였다.

카로운 호령이 들리는가 싶더니 사범학교 학생들이 엄숙하게 척척 나아가기 시작했다. 서로 먼저 가겠다고 다투다가 협상이 이루어진 모양인데, 말하자면 중학교가 한 발 양보한 것이다. 자격으로 따지면 사범학교가 한 수 위라고 한다.

축승식은 무척 조촐했다. 여단장과 지사가 축사를 낭독하고 참가자가 만세를 외쳤다. 그게 끝이었다. 연회는 오후에 열린다기에 일단 하숙집으로 돌아가 며칠 전부터 마음에 걸리던 기요 할멈에게 답장을 썼다. 할멈이 다음번에는 조금 더 자세히 써달라고 부탁했기 때문에 되도록 신경을 써서 적어야 했다. 하지만 막상 쓰려고 보니, 쓸 거리는 많은데 뭐부터 쓰면 좋을지 알 수가 없었다. 그때 그걸 쓸까? 아냐, 그건 너무 길어서 귀찮아. 저때 저걸 쓸까? 아냐, 그건 너무 시시해. 뭔가 술술 힘들이지 않고 흘러나와 기요 할멈을 즐겁게 해줄 이야기가 없을까. 하지만 그런 사건은 하나도 없는 듯했다. 나는 먹을 갈고 붓을 적시며 두루마리 종이를 노려보았다. ……노려보며, 붓을 적시고, 먹을 갈고…… 같은 동작을 몇 번이나 반복하다가 결국 편지 같은 건 못 쓰겠다 싶어서 포기하고 벼루 뚜껑을 닫아버렸다. 편지 쓰기는 너무 귀찮다. 도쿄까지 가서 얼굴 보고 이야기하는 게 빠르다. 기요 할멈이 걱정할 거라는 생각은 들지만 내게 장문의 편지 쓰기는 삼칠일• 단식보다 어렵다.

나는 붓과 두루마리 종이를 내팽개치고 그 자리에 벌렁 드러누워 팔베개를 한 채 뜰을 내다보았다. 그래도 역시 기요 할멈이 마음에 걸렸다. 그때 나는 생각했다. 이렇게 멀리서 기요 할멈이 잘 지내는지 걱정하는 것만으로도 내 진심이 통할 게 분명하다. 통하기만 한다면야 편지 같은 거 보낼 필요 없지 않겠나. 편지가 안 오면 잘 지내는 줄 알 것이다. 소식은 죽을 때나 아플 때, 무슨 변고가 생겼을 때 전하면 된다.

열 평쯤 되는 마당은 평평하다. 이렇다 할 식물도 없다. 그저 감귤나무가 딱 한 그루 있었다. 담벼락 밖에서 보일 정도로 키가 컸다. 나는 하숙집에 돌아오면 늘 이 감귤나무를 바라보았다. 도쿄를 벗어나본 적이 없는 나에게는 감귤나무가 자란 모습이 대단히 진기한 풍경이었다. 저 푸른 열매가 점차 익어가며 황금색이 될 텐데 그때는 무척 예쁘겠지. 지금도 벌써 반쯤 색이 변한 열매도 있다. 할머니에게 물어보니 수분이 아주 많고 맛있는 감귤이라고 한다. 당장이라도 익으면 똑 따서 드시라고 했으니까 매일 조금씩 먹어주자. 한 삼 주만 지나면 충분히 먹을 수 있게 익을 터다. 설마하니 삼 주 안에 이곳을 떠날 일은 없겠지.

감귤을 생각하고 있는데 뜻밖에도 가시도치가 할 이야기가

● 스물하루를 가리키는 용어.

있다며 찾아왔다. 오늘 같은 날은 나하고 같이 맛있는 거라도 먹고 싶어서 소고기를 사 왔다며 대나무 껍질로 싼 꾸러미를 소매 품에서 꺼내 방바닥에 던졌다. 나는 하숙집에서 고구마와 두부 세례에 시달리던 터였고, 국숫집이며 경단 가게도 출입 금지여서 옳다구나 하고 당장에 할머니한테서 냄비와 설탕을 빌려 와 물을 끓이기 시작했다.•

가시도치는 볼이 미어지게 소고기를 입에 밀어 넣으며 붉은 셔츠한테 친한 게이샤가 있다는 사실을 아느냐고 물었다. "알다마다요. 지난번 막물 송별회 때 온 사람이죠" 했더니, "맞아. 나는 최근에야 알았는데 자네 눈치가 상당하군" 하고 칭찬했다.

"그자는 입만 열면 품성이 어떠니, 정신적 오락이 어떠니 하는 주제에 뒤로는 게이샤하고 놀아나는 아주 엉큼한 놈이야. 그래도 다른 사람이 노는 꼴은 못 봐서 자네가 국숫집에 가고 경단 가게에 가는 것조차 학생 단속에 방해가 된다고 교장 입을 통해 주의를 주지 않았나."

"맞습니다. 그놈 생각으로는 게이샤를 사면 정신적 오락이

• 일본인이 소고기를 먹기 시작한 것은 근대 들어서다. 메이지 유신 이후 서양인의 체격을 본받기 위해 정부 주도로 소고기 먹기 장려 운동이 일어났으며 이즈음부터 소고기 냄비 요리인 규나베가 유행했다. 대표적인 일본 가정식인 스키야키의 전신이다.

고, 튀김이나 경단을 사면 물질적 오락인가보지요. 정신적 오락이라면 드러내놓고 즐기든가. 친한 게이샤가 들어오니 벌떡 일어나 도망치는 꼬락서니가 아주 가관이었습니다. 처음부터 끝까지 사람을 속이려고만 드니까 영 마음에 안 듭니다. 그러면서도 공격이 들어오면 자기는 모른다는 둥 러시아 문학이라는 둥 하이쿠랑 신체시는 형제뻘이라는 둥 현란하게 입을 놀려요. 그런 겁쟁이는 선생도 아닙니다. 전생에 어디 대갓집 종살이라도 했을 걸요. 어쩌면 그 자식 아버지가 유시마의 가게마•였는지도 모르죠."

"유시마의 가게마는 또 뭔가."

"아무튼 제대로 된 놈이 아니라는 겁니다. ……잠시만, 그건 아직 안 익었는데요. 덜 익은 거 먹으면 촌충 끓습니다."

"그런가? 대충 익었는데. 아무튼 그래서 붉은 셔츠는 사람들 몰래 온천 마을의 가도야에 가서 게이샤를 만나는 모양이야."

"가도야라면 여관 말입니까?"

"여관 겸 요릿집이지. 그러니까 그 녀석 코를 납작하게 해주려면 그자가 게이샤를 데리고 여관으로 들어가는 현장을 잡아야 해."

• 우에노 인근 유시마 신사 아래에 있었던 남창촌, 혹은 거기서 남성을 상대로 성을 팔던 소년.

"현장을 잡겠다니 잠복이라도 하겠다는 말입니까?"

"음, 가도야 앞에 마스야라는 여관이 있어. 거기 2층에 묵으면서 장지문에 구멍을 뚫고 계속 지켜보는 걸세."

"보고 있으면 올까요?"

"올 거야. 하룻밤 가지고는 안 될 거고 한 이 주 정도는 잠복할 생각을 해야지."

"엄청 피곤할 텐데요. 제가 아버지 돌아가시기 전에 일주일 정도 밤새 간호를 한 적이 있는데 나중에는 머리가 멍해져서 혼났습니다."

"몸 좀 피곤한 건 괜찮아. 그 간사한 작자를 그대로 두는 건 일본을 위해서도 도움이 안 되니 내가 총대를 메고 응징하겠네."

"통쾌하겠는데요. 그렇다면 저도 힘을 보태겠습니다. 그럼 오늘 밤부터 잠복을 서는 겁니까?"

"아직 마스야에 말을 안 해서 오늘은 안 돼."

"그렇다면 언제부터 하실 생각입니까?"

"조만간 시작하지. 정해지면 자네한테 언질을 줄 테니 그때 와주게."

"좋습니다. 언제든지 가겠습니다. 제가 계략에는 서툴러도 몸싸움은 자신 있으니까요."

나와 가시도치가 붉은 셔츠 퇴치 계략에 연신 열을 올리고 있는데 하숙집 할머니가 다가왔다. "방금 학교 학생 하나가 혹타 선생님을 뵙고 싶다고 찾아왔구먼유. 댁에 갔다가 안 계셔서 이리로 왔다는디 어쩔까유" 하고 문지방에 무릎을 꿇은 채 가시도치의 대답을 기다렸다. "나가겠습니다" 하고 현관까지 나갔다가 돌아온 가시도치가 내게 말했다. "학생 하나가 축하연을 보러 가지 않겠냐고 하는군. 오늘은 고치에서 무슨 춤을 추러 일부러 여기까지 많은 사람을 실어 왔다고 하니까 꼭 구경하라는데. 흔히 볼 수 없는 기회라고 하네. 자네도 같이 가지." 신이 난 가시도치가 내게 동행을 권했다. 춤이라면 도쿄에서 많이 보았다. 매년 하치만 축제 때 가설무대가 마을 곳곳을 돌며 공연을 펼쳐서 시오쿠미•도 제대로 알고 있다. 그런 내가 촌놈들의 바보 같은 춤을 보고 싶을 리 없다. 하지만 모처럼 가시도치가 가자고 권하니 그냥 있기도 뭣해서 문을 나섰다. 가시도치를 불러낸 게 누구인가 했더니 붉은 셔츠의 남동생이다. 얄궂은 녀석이 찾아왔다.

연회장으로 들어서자 에코인의 스모 내지는 혼묀지의 법회처럼 여러 깃발이 길게 늘어서 있고 만국기가 펄럭여서 드넓은 하늘이 그 어느 때보다 화려해 보였다. 동쪽 구석에 임시

• 바닷가에서 소금을 만드는 여성이 도시로 간 연인을 그리워하며 추는 춤. 가부키 무용 가운데 하나다.

무대가 설치되어 있었고, 거기서 고치현의 전통 춤을 춘다고 했다. 무대에서 오른쪽으로 50미터가량 가니 갈대밭으로 둘러싸인 곳에 꽃꽂이가 전시되어 있었다. 다들 감탄하며 보고 있었지만 볼만한 구석이 하나도 없었다. 풀과 대나무를 구부려놓고 즐거워하느니 차라리 집에 가서 다리를 오므리고 잠이나 자는 게 나을 것이다.

무대 반대 방면에서 불꽃놀이가 솟구쳤다. 그 속에서 풍선이 나왔다. 제국 만세라고 쓰여 있다. 풍선이 마쓰야마성 천수각 위로 훨훨 날아올라 병영 안에 떨어졌다. 다음으로 펑 소리가 나더니 검은 경단같이 생긴 것이 슈욱 하고 가을 하늘을 가르며 날아올랐다가 내 머리 위에서 쩍 하고 벌어졌다. 푸른 연기가 우산살처럼 퍼지며 공중에 흩어졌다. 또 풍선이 날아올랐다. 이번에는 육해군 만세라고 붉은 바탕에 흰 글씨로 쓰인 종이가 바람에 흔들리며 온천 마을에서 아이오이 마을 쪽으로 날아갔다. 아마 관음상이 있는 경내에도 떨어졌을 것이다.

기념식 때는 사람이 별로 없었는데 지금은 엄청나게 많다. 시골에 이렇게 사람이 많았나 하고 놀랄 정도로 북적북적했다. 똑똑해 보이는 얼굴은 그리 없지만 그 수가 많으니 분명 함부로 할 수는 없다. 그러는 사이에 평이 좋다는 고치현 전통 군무가 시작되었다. 춤이라기에 별것 아니겠거니 했는데 큰 착각이었다.

위엄 있는 머리띠를 뒤로 묶고 의상을 차려입은 남자가 열 명씩 세 줄로 무대 위에 섰다. 서른 명이 모조리 칼집에서 칼을 빼고 있어서 깜짝 놀랐다. 앞줄과 뒷줄은 겨우 한 걸음 간격으로 섰고 좌우 간격은 그보다 좁지도 넓지도 않았다. 딱 한 사람만이 대열을 벗어나 무대 끝에 서 있었다. 이 남자는 하카마를 입고 있지만 머리띠는 두르지 않고 칼 대신 북을 가슴에 걸고 있었다. 북은 사자춤 때 사용하는 것과 비슷하다. 남자가 이윽고 "이야아, 하아아" 하고 느긋한 목소리로 희한한 노래를 부르며 둥둥, 둥둥 북을 쳤다. 듣도 보도 못한 신기한 박자였다. 미카와 만자이와 보타락을 합쳐놓은 것 같다.•

노래는 한여름 물엿처럼 질질 늘어졌지만 장단을 맞추기 위해 북을 둥둥 쳤기 때문에 늘어지는 것 같아도 박자가 맞았다. 이 박자에 맞춰 서른 명의 칼날이 번쩍번쩍 빛났는데 손놀림이 너무 빨라 보고만 있어도 가슴이 조마조마했다. 옆과 뒤로 한 걸음만 가면 사람이 있고 또 그 사람이 똑같이 예리한 칼을 휘두르고 있어서 박자가 딱딱 맞지 않으면 서로를 찔러 부상을 입을 것이다. 움직이지 않고 칼만 앞뒤로 휘두

• 미카와 지방에서 설날에 부채를 들고 북을 치며 덕담을 전하는 노래와 관음보살을 찬양하는 찬불가를 말한다.

른다면 위험하지는 않을 텐데 서른 명이 동시에 발을 구르며 앞으로 빙그르르 돌거나 무릎을 구부렸다. 옆 사람이 일 초라도 빠르거나 느리면 자기 코가 잘릴지도 모른다. 옆 사람 머리가 떨어질지도 모른다. 칼은 자유자재로 움직일 수 있지만 앞뒤 한 걸음씩 되는 네모난 칸 안에서 전후좌우 사람과 같은 방향, 같은 속도로 휘둘러야 했다. 정말 놀라웠다. 시오쿠미나 세키노토에 비할 게 아니었다. 이는 굉장히 숙련된 춤꾼만이 출 수 있다고 한다. 특히 둥둥 북을 치는 사람이 제일 어렵다. 서른 명의 움직임이 북 치는 사람의 박자 하나로 정해진다. 옆에서 보면 제일 태평하게 소리나 지르고 있지만 사실은 이 사람 책임이 제일 크다고 하니까 알 수 없는 노릇이다.

나와 가시도치가 춤에 푹 빠져서 감탄하며 보고 있는데, 저 멀리서 느닷없이 와하는 함성이 들렸다. 평온하게 구경하고 있던 사람들이 갑자기 물결 일듯 좌우로 움직였다. "싸움이다, 싸움이 벌어졌다!" 그때 붉은 셔츠의 동생이 사람들을 헤집고 달려왔다. "선생님, 싸움이 벌어졌어요. 중학교 학생들이 오늘 아침 일의 보복으로 사범학교 놈들에게 싸움을 건 모양입니다. 얼른 와주세요." 그렇게 말하고는 다시 인파 속으로 사라졌다.

가시도치는 도망치는 사람들을 피하며, "진짜 성가신 놈들이군. 또 시작인가. 작작 좀 하지"라고 하면서 쏜살같이 달려

갔다. 보고 있을 수만은 없어서 말리러 간 것이리라. 나도 물론 도망칠 생각은 없다. 가시도치 뒤를 쫓아 곧바로 현장으로 달려가니 싸움이 한창이었다. 사범학교 학생은 오륙십 명이고 중학교 학생은 삼 할 정도 더 많다. 사범학교는 교복을 입었지만 중학교는 기념식 이후 대부분 기모노로 갈아입은지라 적과 아군을 금세 구분할 수 있었다. 하지만 양쪽이 뒤엉켜 싸우고 있어서 어디부터 어떻게 손을 써야 할지 알 수 없었다. 가시도치는 난감하다는 듯이 바라보더니 "이렇게 되면 어쩔 수 없어. 경찰이 오면 귀찮은 일이 생기니 뛰어들어 갈라놓자" 하고 나를 보며 말하기에, 나는 대답도 하지 않고 제일 싸움이 심각해 보이는 곳으로 곧장 뛰어들었다. "그만해, 그만. 이런 짓을 하면 학교 체면이 어떻게 되겠나. 그만두라니까." 있는 힘껏 목소리를 지르며 적과 아군의 경계선인 듯한 곳으로 뚫고 가려고 했지만 잘 안 됐다. 두세 걸음 비집고 들어갔더니 들어가지도 나오지도 못하고 끼어버렸다. 눈앞에 비교적 체격이 큰 사범학교 학생이 열대여섯 살 되는 중학생과 붙어서 싸우고 있었다. "그만두라면 그만둬." 사범학교 학생의 어깨를 잡아 억지로 떼내려는 순간 누가 밑에서 내 발을 걸어 넘어트렸다. 어떤 놈이 딱딱한 구둣발로 내 등에 올라탔다. 두 팔과 무릎을 짚고 밑에서 벌떡 일어섰더니 내 위에 올라탄 놈이 오른쪽으로 굴러떨어졌다. 일어나보니 세 걸음 정도 옆에 몸이 커다란 가시도치가 학생들 틈에 끼어 "그만해, 싸움은 그만" 하고 몸싸움을 벌이고 있었다. "어, 이거 힘들겠는데요" 하고 말해보았지만 안 들리는지 대답이 없었다.

돌연 휙 하고 바람을 가르며 날아온 돌멩이가 내 광대뼈를 강타하는가 싶더니 웬 녀석이 뒤에서 막대기로 내 등허리를 내리쳤다. "선생 주제에 여길 왜 오냐. 쳐라, 쳐" 하는 소리가 들렸다. "선생이 둘이다. 큰 놈 하나, 작은 놈 하나. 돌을 던지자." 그런 소리도 들렸다. 나는 "무슨 건방진 소리야. 촌놈 주제에"라고 하며 옆에 있던 사범학교 학생의 머리를 갈겨주었다. 다시 돌이 휙 날아왔다. 이번에는 내 짧은 머리칼을 스치며 뒤로 날아갔다. 가시도치는 어디로 갔는지 보이지 않았다. 이렇게 되면 어쩔 수 없다. 처음에는 싸움을 막으러 뛰어들었지만 얻어맞고 짱돌까지 맞은 이상 머저리같이 내뺄 수야 없지. 내가 누군지 알고. 체구는 작아도 싸움의 본고장에서 수련을 쌓은 형님이다. 마구잡이로 치고 자빠지고 있는데, "경찰이다, 경찰. 도망쳐" 하는 소리가 들렸다. 이제까지 떡시루 속에 끼인 것처럼 이리 치이고 저리 치이던 차에 갑자기 몸이 자유로워지더니 적이고 아군이고 한꺼번에 달아나버렸다. 촌놈들이 퇴각 기술은 기가 막히다. 쿠로팟킨•보다 나을 지경이다.

가시도치가 어찌 되었나 보니 웃옷이 갈가리 찢긴 채 저만

치에서 코를 훔치고 있었다. 코뼈를 얻어맞아 출혈이 심했다. 벌겋게 부어오른 코가 보기 안쓰러웠다. 내 옷은 흙투성이가 되긴 했지만 가시도치 것처럼 찢기지는 않았다. 하지만 볼따구니가 얼얼해서 견딜 수가 없다. "피가 많이 나는데." 가시도치가 알려주었다.

경찰이 열댓 명 왔는데 학생들은 반대편으로 퇴각해서 잡힌 건 나와 가시도치뿐이었다. 우리는 이름을 말하고 자초지종을 밝혔지만 일단 경찰서로 가자기에 가서 서장에게 일의 전말을 진술하고 하숙집으로 돌아왔다.

11

이튿날 눈을 떠보니 삭신이 쑤셨다. 오랜만에 싸움을 해서 그렇다. 이래서는 어디 가서 주먹도 못 내밀겠다며 누워 있는데 할머니가《시코쿠 신문》을 들고 와서 머리맡에 두고 갔다. 실은 신문을 펼쳐볼 힘도 없었지만 내가 이 정도에 주저앉아서야 되겠는가 싶어 억지로 엎드려 첫 장을 열었다가 깜

● 러일전쟁 당시 러시아 사령관이었으며, 만주에서 일본군에 대패한 알렉세이 쿠로팟킨(1848~1925).

짝 놀랐다. 어제 싸움 소동이 기사화되어 있었다. 싸움이 실린 건 놀랄 일이 아니었지만, 중학교 교사 홋타 모 씨와 최근 도쿄에서 부임한 주제넘은 모 씨가 선량한 학생을 사주하여 이번 소동을 벌였으며, 한술 더 떠 싸움 현장에서 학생을 지휘해 사범학교 학생에게 함부로 폭력을 행사했다고 썼다. 아울러 이런 의견이 덧붙어 있었다.

> 우리 고장 중학생은 예로부터 선량하고 온순하여 전국의 모범이었으나 경박한 두 풋내기가 우리 학교 특유의 기풍을 훼손시켰으니, 이 불명예가 시 전체에 미치는 이상 우리는 분연히 일어나 그 책임을 묻지 않을 수 없다. 우리는 믿는다. 우리가 손을 쓰기 전에 당국이 먼저 이들 무뢰한에게 합당한 처분을 내려 그들이 다시는 교육계에 발을 들이지 못하게 하리라는 것을.

이 부분은 글자마다 검은 방점을 찍어 따끔한 맛을 보여주겠다는 의지를 드러내고 있었다. "젠장, 빌어먹을 것들." 나는 욕을 내뱉으며 자리에서 벌떡 일어났다. 신기하게도 일어나자마자 아까까지 욱신욱신 쑤시던 몸이 씻은 듯이 가벼워졌다.

나는 신문지를 둘둘 말아 마당에 내던졌는데, 그래도 분이 풀리지 않아 일부러 변소까지 들고 가서 똥통에 버리고 왔다.

신문 같은 건 온통 거짓말만 쏟아낸다. 세상에서 신문만큼 허풍이 심한 물건도 없다. 내가 할 말을 지들이 하고 자빠졌다. 게다가 최근 도쿄에서 부임한 주제넘은 모 씨라니. 세상천지에 모라는 이름이 어디 있나. 내게도 버젓이 성씨가 있고 이름이 있다. 족보가 보고 싶다면 다다노 만주 이래로 조상을 한 분도 빠짐없이 뵙게 해주마. 세수를 하자 볼이 아팠다. 할머니에게 거울을 빌려달라고 했더니 "오늘 아침 신문 보셨나유?" 하고 묻는다. 똥통에 버리고 왔으니까 보고 싶으면 주워다가 읽으라고 하자 놀라서 물러갔다. 거울을 보니 얼굴에 어제 난 그대로 상처가 있었다. 이래 봬도 소중한 얼굴이란 말이다. 얼굴에 상처까지 입히고 주제넘은 모 씨라니, 모 씨라니. 나도 더는 못 참겠다.

오늘 신문 때문에 민망해서 학교를 쉬었다는 소리를 듣는다면 평생의 불명예로 남을 거라는 생각에 아침 먹고 일착으로 들어갔다. 들어오는 사람마다 내 얼굴을 보고 웃는다. 뭐가 우습냐. 네놈들이 만들어준 얼굴도 아니다. 그사이 살살이가 얼굴을 드밀며, "이야, 어제는 큰 공을 세우셨던데. 영광의 상처인가보지?" 하고 송별회 때 얻어맞은 복수를 할 셈인지 짓궂게 빈정댔다. "헛소리 말고 가서 붓이나 빠시지." "저런, 저런 송구합니다. 그나저나 상당히 아프겠는데." "아프거나 말거나 내 얼굴이다. 네놈 신세를 질 것 같으냐." 내가 화를 내자 살살이는 맞은편 자기 자리로 가서 앉았다. 그러고서도 계속 내 얼굴을 보며 옆에 앉은 역사 교사와 무슨 말인지 소곤소곤하며 실실거렸다.

이윽고 가시도치가 나타났다. 코가 보라색으로 퉁퉁 부어올라 파면 안에서 고름이 나올 것만 같다. 자만하다가 나보다 훨씬 더 심하게 얻어맞은 것 같다. 나와 가시도치는 책상을 나란히 한 동료 사이였고, 심지어 책상이 교무실 문에서 정면으로 보이는 곳에 있어서 운이 나빴다. 기묘한 얼굴 두 개가 딱 붙어 있으니 딴 놈들은 심심할 때마다 이쪽만 쳐다보았다. "큰 봉변을 당하셨네." 입으로는 그렇게 말해도 속으로는 '저 바보들' 하고 있는 게 분명하다. 그게 아니라면 저렇게 자기들끼리 수군거리며 쿡쿡거릴 리가 없다. 교실로 들어서니 학생들이 박수로 맞아주었다. "선생님, 만세!" 하고 소리치는 녀석이 두세 명 있었다. 정말로 인기가 좋은 건지 바보 취급을 하는 건지 모르겠다. 나와 가시도치가 이토록 주변 사람의 이목을 집중시키는 와중에 붉은 셔츠가 언제나처럼 다가와 용서를 비는 투로 말했다. "엉뚱한 재난을 입으셨더군요. 두 분을 보니 제 마음이 안타깝기 그지없습니다. 신문 기사 건은 교장과 상의를 해서 정정 기사를 내도록 할 것이니 걱정할 필요 없습니다. 제 동생이 홋타 군을 불러냈는데 이런 일이 일어나다니 진심으로 미안합니다. 이번 건은 전력을 다해 처리할 예정이니 모쪼록 기분 나쁘게 생각하지 마시기 바랍니다." 교장은 3교시에 교장실에 나와 "신문에 곤란한 기사가 났더군요. 일이 잘 풀려야 할 텐데요" 하고 다소 걱정스러운 표정으로 말했다. 나는 걱정이 전혀 없었다. 학교에서 면직을 시킨다면 면직되기 전에 먼저 사표를 쓰면 그만이다. 그러나 내가 나쁜 일을 저지른 것도 아닌데 고개를 숙인다면 허풍 떠는 신문사를 더 우쭐하게 만드는 꼴이 되기에, 신문에서 틀린 부분을 바로잡고 오기로라도 계속 학교를 다니는 것이 순리라고 생각했다. 집에 오는 길에 신문사로 가서 담판을 지을까 했지만 학교에서 먼저 기사 삭제를 요청했다고 해서 관두었다.

나와 가시도치는 적당한 때를 보아 교장과 교감에게 사건의 진상을 거짓 없이 설명했다. 교장과 교감은 그럴 줄 알았다고, 신문사가 학교에 원한이 있어서 일부러 그런 기사를 냈을 거라고 결론지었다. 붉은 셔츠는 교무실에 앉아 있는 선생 한 명 한 명에게 우리의 행위를 해명했다. 특히 자기 동생이 가시도치를 데려간 일을 자기 잘못처럼 떠벌렸다. 다들 신문사 잘못이다, 괘씸하다, 두 사람이 큰 봉변을 당했다고 말했다.

집에 오는 길에 가시도치가 "붉은 셔츠가 아무래도 수상해. 정신 바짝 차리지 않으면 우리가 당하겠어" 하고 경계를 했다. "원래 수상쩍은 사람이잖아요. 오늘부터 갑자기 그런 건 아니죠"라고 하자 "자네 아직도 눈치를 못 챘나. 어제 우리를 싸움판에 불러낸 것도 다 그자의 계략이었어" 하고 알려주었다. 그렇구나. 거기까지는 생각하지 못했다. 가시도치는 난폭한 것 같지만 나보다 지혜가 뛰어나다. 탄복할 지경이다.

"우리를 싸움터에 밀어 넣고 곧장 신문사로 달려가 그런 기사를 쓰게 한 거지. 보통 간사한 놈이 아니야."

"기사까지 붉은 셔츠 짓이라니 놀랐습니다. 하지만 신문사가 붉은 셔츠 말에 그리 쉽게 넘어갈까요?"

"안 들어줄 것도 없지. 신문사에 친구가 있으면 문제없어."

"친구가 있습니까?"

"없어도 무슨 걱정인가. 거짓말로 이러저러하다고 말만 하면 바로 써주는데."

"진짜 너무하네요. 정말로 붉은 셔츠의 계략이라면 우리는 이번 사건으로 면직이 될지도 모릅니다."

"자칫하면 그럴지도 모르지."

"그럼 저는 내일 당장 사표를 내고 도쿄로 돌아가겠습니다. 있어달라고 빌어도 이런 비열한 동네에는 있고 싶지 않습니다."

"자네가 그만두더라도 붉은 셔츠는 눈도 깜짝 안 할 걸세."

"그것도 그렇군요. 어떻게 하면 타격을 줄 수 있을까요?"

"저런 간사한 놈들은 어떻게든 증거를 안 남기려고 애쓰기 때문에 여간해선 덜미를 잡기 어려워."

"골치 아프네요. 우리가 누명을 써야 한다는 거잖아요. 말도 안 돼. 천도시야비야●로군."

"이삼일 상황을 더 지켜보세. 그래도 안 되면 온천 마을에서 덜미를 붙잡아 덮쳐야지."

"싸움에는 싸움으로 답한다 그거군요."

"그렇지. 나는 나대로 녀석의 급소를 치겠네."

"좋습니다. 책략은 제가 부족하니 만사 잘 부탁드리겠습니다. 만일의 경우에는 뭐든 하겠습니다."

나와 가시도치는 그렇게 헤어졌다. 붉은 셔츠가 정말로 가시도치 추측대로 그런 짓을 했다면 굉장한 놈이다. 계략으로는 이길 수가 없다. 힘으로 맞서야 할 때다. 이러니 세상에는 전쟁이 끊이지 않는다. 개인도, 결국은 완력이다.

이튿날, 목을 빼고 신문이 오길 기다렸다가 펼쳐보니 정정 기사는 고사하고 취소 기사도 안 보였다. 학교로 가서 너구리를 재촉하자 내일쯤 나올 거란다. 다음 날 손톱만 한 글자로 작게 취소 기사가 실렸다. 그러나 신문사 측의 정정 기사는 물론 없었다. 다시 교장에게 담판을 지으러 가니 더는 할 수

● '하늘의 뜻이 옳은가 그른가'라는 뜻으로 악행을 저질러도 보란 듯이 잘 사는 사람을 보며 하늘을 원망하는 한자 성어.

있는 일이 없다고 했다. 교장이랍시고 너구리 닮은 면상으로 프록코트를 입고 있지만 힘은 쥐뿔도 없다. 허위 기사를 실은 촌구석 신문사한테서도 사죄를 받아내지 못하고 휘둘린다. 너무 화가 나서 그렇담 나 혼자라도 가서 신문사 주간과 담판을 짓겠다고 했더니, "그건 안 되네. 자네가 담판을 지으면 또 욕을 쓸 걸세. 그러니 신문사가 쓴 기사는 거짓이든 참이든 결국은 어쩔 도리가 없어. 포기하는 수밖에" 하고 땡추중이나 할 법한 설교를 했다. 신문사가 겨우 그런 곳이라면 하루빨리 때려 부수는 게 모두를 위한 길이리라. 신문에 이름이 나는 일과 자라에게 물리는 일이 오십보백보라는 사실을 오늘 이 자리에서 너구리의 설명을 듣고 알게 되었다.

그로부터 사흘쯤 지난 어느 날 오후, 가시도치가 분연히 찾아와 "드디어 기회가 왔어. 전에 말한 그 계획을 이제 단행할 생각이네" 하고 말했다. "그럼 저도 동참하겠습니다." 나는 그 자리에서 이 기이한 모임에 가세했다. 그러나 가시도치가 "자네는 관두게" 하고 고개를 가로저었다. 왜냐고 묻자 "교장이 자네를 불러서 사표를 내라고 종용하던가?" 하고 물었다. "아뇨, 그런 적 없는데요. 선생님은요?" 하고 되물었더니, 오늘 교장실에 불려 갔는데 상황이 어쩔 수 없으니 안타깝지만 사표를 내달라고 했단다.

"자기 마음대로 그러는 게 어디 있어요. 너구리가 자기 배를 두드리다가 뒤집어졌나봅니다. 선생님과 저는 같이 연회에 가서 칼춤을 보고, 같이 싸움을 말리러 갔잖아요. 어째서 불공평하게 선생님만 사표를 내라고 합니까? 사표를 내야 한다면 같이 내는 게 당연한 이치잖아요. 정말 답답하군요."

"그게 다 붉은 셔츠가 뒤에서 조종한 거야. 나와 붉은 셔츠는 지금까지 사정으로 보아 결코 같이 있을 수 없는 사이지만, 자네는 지금처럼 두어도 별다른 해가 안 된다고 생각했나 보지."

"제가 어떻게 붉은 셔츠와 한통속이겠습니까. 해가 안 된다고 생각하다니, 재수 없는 놈."

"자네가 단순하니까 그냥 둬도 어떻게든 속여먹을 수 있다고 생각하는 거야."

"더 붙어 있기 싫군요. 누가 같이 있을 줄 알고."

"게다가 고가 선생이 떠난 지 얼마 안 되어서 새 선생도 아직 도착을 안 했는데, 자네와 내가 동시에 나가면 수업에 지장이 생기겠지."

"그렇다면 날 가지고 당분간 구멍을 막겠다는 심산이군요. 젠장맞을. 누가 그 수에 놀아날 줄 알고."

이튿날 나는 학교로 가서 교장실에 들어가 담판을 지었다.

"어째서 저한테는 사표를 내라고 하지 않으십니까?"

"뭐요?" 너구리가 어처구니없다는 표정을 지었다.

"홋타 선생한테는 내라고 하고 저는 안 내도 된다니 그런 법이 어디 있습니까?"

"그건 학교의 사정으로……."

"그 사정이 잘못됐다는 겁니다. 제가 안 내도 된다면 홋타 선생도 낼 필요가 없지요."

"그 부분은 설명하기 어려워요……. 홋타 선생은 어쩔 수 없이 떠나주어야 하지만 선생님은 사표를 낼 필요가 없습니다."

역시 너구리다. 말도 안 되는 말을 늘어놓으면서도 얼굴은 평온하다. 나는 하는 수 없이 "그렇다면 저도 사표를 내겠습니다. 홋타 선생 혼자 퇴임시키고 제가 희희낙락 머물 거라고 생각하실지 모르겠지만, 저는 그런 몰인정한 인간이 아닙니다" 하고 말했다.

"그건 어렵습니다. 홋타 선생이 떠나면 학교에 수학 수업을 할 수 있는 사람이 없어지니……."

"할 수 없다고 해도 제 알 바 아닙니다."

"그렇게 제멋대로 굴지 말고 조금은 학교 사정을 생각해주세요. 게다가 와서 한 달도 지났을까 말까 한데 사직을 한다면 선생 경력에도 문제가 생길 겁니다. 그 부분도 고려하시는 게 좋을 겁니다."

"경력 따위 제가 신경이나 쓸 것 같습니까? 경력보다 의리가 먼저입니다."

"그야 훌륭한 자세이지요……. 선생이 하는 말은 속속들이 지당해요. 하지만 조금은 제 말도 들어주세요. 꼭 사직을 하겠다면 어쩔 수 없지만, 후임자가 올 때까지만이라도 있어주세요. 아무튼 집에 가서 다시 한번 생각해보십시오."

다시 한번 생각하라니. 생각을 바꿀 여지도 없는 명명백백한 이유가 있었지만, 너구리 얼굴이 붉으락푸르락하기에 불쌍해서 우선은 생각해보겠다고 하고 물러났다. 붉은 셔츠하고는 말 한마디 안 섞었다. 어차피 한판 뜰 거라면 다 같이 모였을 때 제대로 보여주는 게 낫다.

가시도치에게 너구리와 담판 지은 내용을 이야기했더니, "대충 그럴 거라고 예상했어. 사표 건은 그냥 그렇게 두어도 지장 없을 걸세"라길래 그 말대로 했다. 아무래도 가시도치가 나보다 영리한 것 같아서 만사 가시도치의 충고를 따르기로 했다.

가시도치는 결국 사표를 내고 직원 일동에게 이별 인사를 한 후 항구에 있는 미나토야까지 갔다. 그러고는 아무도 모르게 돌아와 온천 마을에 있는 마스야 여관 2층에 숨어 장지문에다가 구멍을 뚫고 밖을 내다보았다. 이 사실을 아는 건 나뿐일 것이다. 붉은 셔츠가 온다 해도 어차피 밤에 온다. 그것도 초저녁은 학생들 눈이 있으니 적어도 밤 9시가 지나서이리라. 처음 이틀은 나도 밤 11시경까지 잠복을 했다. 붉은 셔츠는 코빼기도 안 보였다. 사흘째는 밤 9시부터 밤 10시 반까지 지켜보았지만 역시 안 보였다. 소득도 없이 한밤중에 하숙집으로 돌아오니 허탈했다. 사오일 지나자 하숙집 할머니가 슬슬 걱정을 하기 시작했다. "색시도 있는 사람이 그리 밤마다 놀러다니믄 쓰겄슈." 그런 밤놀이와는 차원이 다른 밤놀이다. 하늘의 명을 대신하여 불의를 응징하는 밤놀이다. 그렇기는 하지만 일주일이나 다녔는데 징조가 조금도 보이지 않으니 좀이 쑤셔 견딜 수가 없었다. 나는 성격이 급해서 열심히 하면 밤이라도 새워서 일을 하지만 그 대신 뭘 해도 진득하게 오래 하지 못한다. 아무리 하늘로부터 받은 명이라고 해도 지겨운 건 지겨운 거다. 엿새째 되는 날에는 조금 지루했고 이레째 되는 날에는 이제 그만둘까 생각했다. 하지만 가시도치는 꿈쩍도 안 했다. 초저녁부터 밤 12시가 넘도록 장지문에 눈을 바싹 대고 가도야의 둥근 가스등 아래를 노려보았다. 내가 가면 오늘은 손님이 몇 명, 여자가 몇 명 들었다며 통계까지 내서 놀랐다. "아무래도 안 올 것 같은데요." 내가 말하자 "아니야, 틀림없이 올 거야" 하고 가끔씩 팔짱을 끼고 한숨을 쉬었다. 가엾게도 붉은 셔츠가 이곳에 단 한 번도 나타나지 않는다면 가시도치는 평생 불의를 응징할 수 없게 된다.

여드레째에는 7시부터 하숙집을 나와 우선 느긋하게 온천

탕에 들어갔다가 마을에서 계란 여덟 개를 샀다. 하숙집 할머니의 고구마 세례에 응수할 대책이다. 이 계란을 네 개씩 좌우로 기모노 소매 속에 넣고 늘 들고 다니는 빨간 수건을 어깨에 걸친 채 마스야 계단을 올라 가시도치가 묵고 있는 방의 장지문을 열었다. "어이, 드디어 희망이 보이네." 일그러져 있던 가시도치의 얼굴이 활기를 띠었다. 어젯밤까지만 해도 다소 의기소침해 보여서 옆에 있던 나까지 우울해질 정도였지만, 이 낯빛을 보니 돌연 나도 즐거워져서 묻지도 따지지도 않고, "좋습니다, 좋아요" 하고 말했다.

"오늘 밤 7시 30분쯤 그 스즈라는 게이샤가 가도야로 들어갔어."

"붉은 셔츠와 같이요?"

"아니."

"그럼 소용없잖아요."

"게이샤 둘이 같이 들어갔는데, 아무래도 느낌이 좋아."

"어째서요."

"어째서라니. 그렇게 교활한 놈이니까 게이샤를 먼저 들여보내놓고 나중에 몰래 들어올지도 몰라."

"그럴지도 모르겠네요. 벌써 9시죠."

"이제 막 9시 12분이야." 허리춤에서 니켈 시계를 꺼내 보며 말을 이었다. "어이, 등불을 끄게. 장지문에 두 까까머리가 비치면 이상하지. 여우는 의심이 많으니까."

내가 책상 위에 놓인 등불을 훅 불어 껐다. 별빛이 든 장지문이 은은한 빛을 띠었다. 달은 아직 나오지 않았다. 가시도치와 나는 장지문에 얼굴을 대고 숨을 죽인 채 가만히 밖을 바라보았다. 땡 하고 9시 30분을 알리는 괘종시계가 울렸다.

"오늘은 올까요? 오늘 밤에도 안 오면 저는 관두겠습니다."

"나는 돈이 다 떨어질 때까지 할 걸세."

"얼마나 남았는데요?"

"오늘까지 팔 일 치 숙박비로 5엔 60전 냈어. 언제든 나갈 수 있도록 매일 밤 돈을 지불하지."

"그것참 준비성이 좋군요. 여관에서도 놀라겠어요."

"여관은 그렇다 쳐도 마음 놓고 잠을 잘 수가 없으니 힘들어."

"대신 낮잠은 자죠?"

"낮잠은 자지만 나갈 수가 없으니 갑갑해 죽겠네."

"불의를 응징하는 일도 쉽지 않네요. 천망회회소이불실•이라지만 불의가 빠져나가면 허탈하겠습니다."

"아냐, 오늘 밤에는 꼭 올 걸세. 어이, 저기, 저기 봐." 작은 목소리로 속삭이기에 나도 모르게 가슴이 뛰었다. 검은 모자

• 하늘의 그물이 넓어 성긴 것 같지만 악한 자는 반드시 걸려져 벌을 받는다는 뜻.

를 쓴 남자가 가도야의 가스등을 아래서 올려다보고는 어둠 속으로 지나갔다. 다른 사람이다. 저런. 그사이 카운터의 시계가 사정없이 10시를 알렸다. 오늘 밤도 틀린 모양이다.

세상이 조용해지는가 싶더니 유곽에서 울리는 북소리가 손에 잡힐 듯 들려왔다. 달이 온천 마을 산 너머에서 불쑥 얼굴을 드밀었다. 거리는 환하다. 그때 아래쪽에서 사람의 목소리가 들려왔다. 창문에서 고개를 빼고 볼 수 없으니 그 모습을 확인할 수는 없었지만 점점 다가오는 듯하다. 딸깍딸깍 게다 끄는 소리가 났다. 비스듬히 내려다보니 두 사람의 그림자가 보일 정도로 가까웠다.

"이제 괜찮겠죠. 방해꾼을 쫓아냈으니." 살살이의 목소리가 틀림없다. "힘자랑할 줄만 알았지 머리가 나쁘니 하는 수 없지." 이건 붉은 셔츠다. "그놈도 그 바보랑 꼭 닮았지 뭡니까. 객기 부리는 도련님은 귀염성이라도 있죠." "월급 인상도 싫다, 자기도 사표를 내겠다, 하는 짓이 정상은 아니야." 나는 창문을 열고 2층에서 뛰어내려 마음껏 두들겨 패주고 싶은 걸 꾹 참았다. 두 사람은 아하하 웃으며 가스등 옆 어둠으로 몸을 숨기고 가도야로 들어갔다.

"어이."

"네."

"왔어."

"드디어 왔네요."

"이걸로 우선 안심했다."

"젠장맞을 살살이 자식. 나더러 객기 부리는 도련님이라고 했겠다."

"방해꾼이라는 건 날 두고 하는 소리야. 무례한 자식들."

가시도치와 나는 두 녀석이 돌아가는 길에 요격해야 한다. 하지만 둘이 언제 나올지 알 수 없었다. 가시도치는 어쩌면 오늘 한밤중에 방을 뺄지도 모르니 나갈 준비를 해달라고 일러두러 밑으로 내려갔다. 지금 생각하면 여관에서 잘도 받아주었다 싶다. 도둑이라고 착각하기 십상이다.

붉은 셔츠가 나타나기를 기다리는 것도 괴로웠지만, 밖으로 나오기를 기다리는 건 더 괴로웠다. 잘 수도 없고, 그렇다고 시종 장지문 틈으로 노려보고 있기도 힘들었다. 그렇게까지 마음이 불안하고 몸이 고생을 한 건 그 후로도 없었다. 나는 차라리 가도야로 뛰어들어 현장을 덮치자고 했지만, 가시도치는 내 제안을 단번에 거절했다. 우리가 지금 뛰어들면 뒷골목 깡패라며 도중에 제압을 당한다, 사정을 말하고 만나고 싶다고 하면 없다고 해놓고 도망가든지 다른 방으로 데려갈 것이다, 주의가 허술할 때 들어간다고 해도 방이 수십 개인데 어디 있는지 알 수가 없다, 지루해도 나올 때까지 기다리는 수밖에 방법이 없다, 가시도치의 말에도 일리가 있었기에 결국 꾸벅꾸벅 졸면서 새벽 5시까지 버텼다.

가도야를 빠져나오는 두 사람의 그림자를 보자마자 나와 가시도치는 뒤를 밟았다. 첫차가 아직 다니지 않았기 때문에 두 사람은 시내까지 걸어야 한다. 온천 마을을 벗어나 긴 삼나무 가로수 길로 들어섰다. 양옆은 논이었다. 그곳을 지나면 드문드문 초가집이 있고 밭 한가운데를 가로질러 시내로 이어진다. 마을만 벗어나면 어디서 붙잡아도 상관없지만 되도록 인가가 없는 삼나무 가로수 길에서 붙잡으려고 숨바꼭질하듯 따라갔다. 온천 마을을 벗어나자마자 당장에 달려가 따라잡았다. "거기 서!" 누가 왔나 싶어 놀라 돌아보는 놈의 어깨를 잡았다. 살살이가 당황해 달아나려는 걸 내가 앞으로 막아서 도망갈 길을 차단했다.

"교감씩이나 되는 자가 어째서 가도야에 묵었지?" 가시도치가 곧장 힐책했다.

"교감이 가도야에 묵으면 안 된다는 법이라도 있습니까?" 붉은 셔츠는 태연하게 정중한 말투로 묻는다. 얼굴색이 조금 창백하다.

"학생 단속에 문제가 된다면서 국숫집과 경단 가게도 가지 말라고 할 정도로 근엄한 분이, 어째서 게이샤와 한 이불 속에서 자고 나오느냐는 말이다." 살살이가 틈을 보아서 도망치려 하기에 나는 그 앞을 막아서며, "나를 객기 부리는 도련님이라고 했겠다" 하고 화를 냈더니, "아니, 당신 이야기가 아닌데요, 진짜예요" 하고 철면피도 울고 갈 변명을 늘어놓았다. 그제야 깨닫고 보니 나는 두 손으로 소맷자락을 움켜쥐고 있었다. 뒤따라 올 때 소매 속 계란이 흔들려서 깨질까봐 꼭 쥐고 온 것이다. 나는 돌연 소맷자락에서 계란 두 개를 꺼내 "이얏" 하며 살살이의 면상에 내던졌다. 계란이 팍 깨지며 콧등에 계란 노른자가 줄줄 흘렀다. 깜짝 놀란 살살이가 "으악!" 하고 소리치고 엉덩방아를 찧으며 "살려줘" 하고 애원했다. 나는 계란을 먹으려고 샀지 내던지려고 소맷자락에 넣어둔 건 아니다. 그저 홧김에 나도 모르게 던져버린 것이다. 하지만 살살이가 엉덩방아를 찧는 모습을 보고, 내가 성공했다는 것을 깨달았기에, "에라, 이 나쁜 놈아" 하고 남은 여섯 개를 무지막지하게 던져서 살살이 얼굴이 노랗게 되었다.

내가 계란을 던지고 있는 동안, 가시도치와 붉은 셔츠는 여전히 말씨름 중이었다.

"내가 게이샤를 데리고 여관에 묵었다는 증거가 있습니까?"

"저녁에 네 녀석하고 친한 게이샤가 가도야로 들어가는 걸 보고 하는 소리다. 어디서 속이려 드느냐."

"속일 필요도 없어. 나는 요시카와 군하고 둘이 묵은 거다. 저녁에 게이샤가 들어오건 말건 내가 알 바인가."

"시끄러워." 가시도치가 주먹으로 한 방 먹였다. 붉은 셔츠는 휘청거리며 말했다. "깡패도 아니고, 이런 행패를 부리다니. 시시비비도 가리지 않고 완력을 쓰다니 무법이야."

"무법천지다, 이 새끼야." 그러면서 또 한 방 먹였다. "너같이 간사한 놈은 매가 약이지." 그러면서 마구 두들겨 팼다. 나도 동시에 살살이를 흠씬 때려주었다. 나중에는 둘 다 삼나무 밑동에 꼬꾸라져 몸을 가누지 못하는 것인지 눈앞이 어질어질한 것인지 달아날 생각도 안 했다.

"이제 됐나? 부족하면 더 두들겨 패주지." 그러면서 둘이서 퍽퍽 때리니, "이제 됐다"라고 했다. 살살이에게 너도 됐냐고 물으니, "물론 됐다" 하고 대답했다.

"네놈들은 간사해서 이렇게 우리가 하늘을 대신해 응징을 한다. 이번 일을 계기로 조심하는 게 좋을 거다. 아무리 말로 교묘하게 변명을 하려 들어도 정의는 용서하지 않으니까." 가시도치의 말에 둘 다 꿀 먹은 벙어리처럼 조용했다. 입을 여는 것조차 힘들었는지도 모른다.

"나는 도망가지도 숨지도 않을 거다. 오늘 오후 5시까지 해변의 미나토야에 있을 테니 볼일이 있으면 경찰이든 누구든 보내라." 가시도치의 말에 나도 "나 역시 도망가지도 숨지도 않는다. 훗타와 함께 기다릴 테니 경찰에 신고하고 싶으면 마음대로 해라"라는 말을 남기고 둘이서 척척 걸어 나갔다.

하숙집으로 돌아온 시각은 오전 7시가 채 안 되어서였다.

방에 들어가 곧장 짐을 싸기 시작했더니 할머니가 놀라며 "뭔 일이래유?" 하고 물었다. "할머니, 도쿄로 가서 부인을 데리고 오겠습니다"라고 하고는 하숙비 정산을 마쳤다. 그길로 기차에 올라 해변으로 가서 미나토야에 도착하니 가시도치는 2층에서 자고 있었다. 나는 당장 사표를 쓰려고 했지만 뭐라고 쓰면 좋을지 몰라 "저는 사정이 있어 사직하고 도쿄로 가니 그리 아십시오. 이상" 하는 전보를 교장 앞으로 우송했다.

배는 저녁 6시에 출항한다. 가시도치도 나도 지쳐서 쿨쿨 자고 일어났을 때는 오후 2시였다. 하녀에게 경찰이 오지 않았느냐고 물으니 안 왔다고 대답했다. 붉은 셔츠도 살살이도 신고를 안 했다며 둘이서 크게 웃었다.

그날 밤 나와 가시도치는 이 씁쓸한 땅을 떠났다. 배가 해안을 떠나면 떠날수록 속이 시원했다. 고베에서 도쿄까지는 직항으로 갔는데, 신바시에 도착하자 비로소 바깥세상에 나온 기분이 들었다. 가시도치와는 곧바로 헤어졌고 오늘까지 만날 기회가 없었다.

기요 할멈 이야기를 잊고 있었다. 나는 도쿄에 도착해 숙소도 정하지 않고 가방을 든 채 "기요 할멈, 나 왔어" 하고 달려갔다. "에구머니나, 도련님. 이렇게 빨리 와주시다니. 정말로 잘 돌아오셨어요." 할멈은 눈물을 뚝뚝 흘리며 반갑게 맞아주었다. 나도 너무 기뻐서 "이제 시골엔 안 가. 도쿄에서 기요 할멈하고 같이 살 거야" 하고 말했다.

그 후 어떤 사람 주선으로 철도 회사의 기술자가 되었다. 월급은 25엔이고 집세는 월 6엔이다. 기요 할멈은 현관이 있는 집이 아니라도 대단히 만족한 표정이었지만 딱하게도 올해 2월에 폐렴으로 세상을 떠나고 말았다. 죽기 전날 나를 불러 "도련님, 제가 죽거든 부디 도련님 가족이 잠든 절에 묻어주세요. 무덤 속에서 도련님이 오실 날을 기쁘게 기다리고 있겠습니다" 하고 말했다. 그래서 기요 할멈의 묘는 고비나타에 있는 요겐지라는 절에 있다.

단 한 사람이라도 나를 믿어준다면

'아버지도 나를 사랑하지 않았고 어머니도 나를 예뻐하지 않았다.' 세상에 그런 부모가 어디 있을까 싶지만 그런 부모도 있다. 어머니와 아버지에게 버림받은 아기는 나쓰메 긴노스케(夏目金之助). 훗날 시공을 넘어 무수히 많은 독자에게 사랑받는 소설가 나쓰메 소세키의 부모가 그런 흔치 않은 부류로, 그들은 이름에 금(金)이라는 글자 하나 넣어준 채 막내아들을 다른 집에 입양 보냈다. 아버지 51세, 어머니 42세에 낳은 늦둥이를 키울 여력이 없다는 판단에서였다. 늘그막에 생긴 자식이 수치스럽다는 인식도 있었다. 죄 없는 아기는 태어나기도 전부터 세상에 내놓기 부끄러운 아이라는 굴레를 썼다.

나쓰메 가문은 대대로 에도 우시고메(오늘날 도쿄 신주쿠구 다카다노바바, 와세다, 가구라자카 등을 아우르는 지역)에서 주민

들의 호적을 관리하는 등 지역 행정을 맡던 나누시•였다. 이는 당시 꽤 권위 있는 직책으로, 그 집 대문 앞에서 민사재판이 이루어지기도 했다. 사람들은 그 앞을 나쓰메 언덕(오늘날 와세다 대학 문학부 캠퍼스 뒤편)이라 부르며 번질나게 드나들었다. 그러나 메이지 유신 이후 새로 들어선 정부 산하 관청이 생기면서 화려하던 옛 이름은 유명무실해지고 마을에서 존경받던 집안도 조금씩 초라한 길을 걷게 된다.

소세키가 태어난 것은 이즈음이다. 에도가 무너지고 도쿄가 들어서던 시절, "모든 것이 파괴되고 모든 것이 건설되는 시대"(《산시로》)였다. 몰락의 길을 걷게 된 소세키의 부모에게는 이미 거두어야 할 아이가 일곱이나 있었고 여덟 번째 아이는 '잉여' 자식이나 다름없었다. 출세하면 큰 인물이 되지만, 까딱 잘못하면 큰 도적이 된다는 사주에 따라 아기의 이름에 미리 '돈'을 챙겨 넣어준 것이 소세키의 부모가 베푼 가장 큰 애정이다. 근세에서 근대로, 천지가 급변하는 메이지 유신의 해, 돌잡이 긴노스케는 포대기에 싸여 가난한 고물상 부부의 집으로 보내진다. 길모퉁이 가게에서 잡다한 고물과 함께 조그만 광주리에 든 아기를 보고, 이것도 파는 물건이냐고 농을 치는 사람도 있었다. "사람들한테서 하찮은 나무 쪼

• 에도 시대에 마을의 민정을 담당하던 직책명.

가리 취급을 받는 것쯤은 아무렇지도 않았다"라고 《도련님》의 '나'는 말했지만, 개나 고양이도 그런 게 괜찮을 리 없다.

어린 소세키에게 세상은 가혹한 곳이었다. 친부모에게서 버림받은 상처는 작품 속에 다양한 형태로 드러난다. 《도련님》은 그 첫 번째 소설이다.

1. 할머니

《도련님》에 나오는 '나' 역시 낳아준 부모에게 외면받는다. "어머니는 형만 편애하고" 아버지는 "어차피 글러먹은 놈이라고" 기대조차 하지 않는다. 형하고는 얼굴만 마주하면 싸우기 일쑤고 마을에서는 막돼먹은 사고뭉치라고 손가락질받는다. 외톨이. '나'는 마음 붙일 곳이 없다. 이럴 거면 뭣 때문에 태어났을까. 무얼 하러 세상에 왔을까. 어두운 고독 속에서 체념하고 있을 때 단 한 사람, 묻지도 따지지도 않고 아무 조건 없이 '나'를 아껴준 이가 있었다. 10년을 한집에 산 하녀 기요였다. 젊은 날 가문이 몰락하여 이 집 저 집 더부살이해 온 할머니. 학교교육을 받은 적도 없고, 세상 물정에도 어두운 기요 할멈이 '나'와 정서적 교류를 나눈 유일한 사람이었다. 암울한 '나'의 세상에 가장 따뜻한 온기였다.

기요 할멈은 내가 장차 출세해서 훌륭한 사람이 될 거라고

> 굳게 믿었다. (……) 나는 그때 딱히 뭐가 되겠다는 생각도 없었다. 그래도 기요 할멈이 된다, 된다 하니까 뭐가 되긴 되겠구나 싶었다.

세상 모두가, 심지어 부모조차 '나'를 미워하고 무시할 때, 무턱대고 '나'를 믿어준 기요 할멈은 의지할 곳 없는 도련님의 유일한 안식처였다. 봉건시대가 막을 내리고 '도련님'이라는 근세의 단어는 빠르게 죽어가는 와중에도 기요 할멈 입을 통해서만큼은 생생하게 살아 숨 쉬고 있었다. 도련님에게 할멈은 구원이었고, 할멈에게도 도련님은 자신이 기댈 수 있는 전부였다. 도련님은 뭐든 할 수 있어요, 무엇이든 될 수 있어요, 하고 말하면서도 할멈은 말끝마다 어디든 자기를 데려가 달라고, 마지막까지 함께하자고 자신의 몸을 의탁한다. 소설의 맨 마지막에 기요 할멈이 '나'를 통해 도련님의 가족묘에서 영원한 안식을 찾는 것도 우연이 아니다. 도련님은 불만스러운 이승에서 할멈에게 의지하고, 할멈은 머지않아 떠날 저승을 준비하며 도련님에게 기댄다. 둘은 서로가 서로에게 꼭 필요한 존재다. 그리고 그 사실은 읽는 이로 하여금 어쩐지 쓸쓸한 기분이 들게 한다.

> 《도련님》에 기요라는 친절한 할멈이 나온다. 우리 집에도 그

런 할멈이 있어서 나를 무척 귀여워해주었다. 《도련님》에 기요 할멈한테서 받은 지갑을 변소에 빠뜨리자 할멈이 그걸 열심히 주워다주는 장면이 있다. 내가 집에서 일하는 할멈에게 돈을 받은 기억은 없지만 지갑 사건은 진짜 있었던 일이다.

—〈나의 오래전〉, 《취미》(1907)에서

혼자 방에서 자는데 머리맡에서 누가 나지막하게 내 이름을 불렀다. 나는 깜짝 놀라 눈을 떴다. 주위가 깜깜해서 웅크린 사람이 누구인지 알 수 없었다. 그래도 어린 나는 잠자코 상대방이 하는 말을 들었다. 듣다가 우리 집 하녀의 목소리라는 걸 깨달았다. 하녀는 어둠 속에서 귓속말하듯 말했다.

"도련님이 할머니 할아버지라고 생각하는 분은 사실 도련님의 어머니 아버지세요. 아까 두 분 말씀을 들었거든요. '저 녀석, 그래서 이 집이 저리도 좋은가봐. 신기하지'라고요. 몰래 알려드리는 거니까 아무한테도 말하면 안 돼요. 알겠죠?"

나는 그때 "아무한테도 말 안 할게"라고 짧게 대답했지만 속으로 무척 기뻤다. 사실을 알게 되어 기쁜 게 아니라 하녀가 나를 다정하게 대해주어 기뻤다. 그토록 기뻐했으면서 지금은 하녀의 이름도 얼굴도 완전히 잊었다. 기억하는 건 단지 그 사람의 다정함뿐이다.

—〈유리문 안에서〉, 《아사히 신문》(1915)에서

나쓰메 소세키의 수필을 들여다보면, 작가의 인생에서도 기요 할멈과 엇비슷한 하녀의 그림자가 어른거린다. 변소에 빠진 지갑을 건지는 일은 생각보다 큰 사랑을 요한다. 친부모의 사랑을 받지 못한 소세키에게도 그런 할멈이 있었다.

구릿하게 훈훈한 변소 장면을 번역하다가 나는 문득 내 어린 시절에도 비슷한 추억이 있다는 사실이 떠올랐다. 1980년대, 대구에 있는 할머니 댁에 살 때다. 그 집은 변소가 마당에 있었는데, 사람 키만큼 구덩이를 파서 만든 구식 화장실이었다. 대여섯 살의 나는 그 환경에 익숙했던지라 그림책을 들고 들어가 볼일을 보곤 했는데, 나오다가 그만 책을 구덩이에 빠뜨리고 말았다. 나는 아까워하며 엄마에게 말했고, 잠시 후 수돗가에서 쏴쏴 소리가 나기에 가보니 어느 틈엔가 엄마가 그림책을 똥통에서 건져 물로 씻어내고 있었다. 으아, 더러워! 저걸 어떻게 봐! 기함할 정도로 놀라 눈이 똥그래지면서도 나는 그 생각을 엄마에게 말하지 않았다. 대신에 이렇게 물었다. "엄마, 이걸 어떻게 건졌어?" "네가 제일 좋아하는 책이잖니. 긴 막대기에 옷걸이를 매달아 건졌지." 지금도 양지바른 창가에서 모서리가 누렇게 말라가던 그림책 표지가 눈에 선하다. 귀가 커다란 아기 코끼리. 귀여운 눈망울을 위로 치켜뜨며 하늘을 날던 아기 코끼리 덤보는, 나를 향한 엄마의 지극한 사랑으로 어두운 똥통을 날아올랐다. 그 정도의 사랑과 애정이기에, 40년이 훌쩍 지난 지금도 그 장면이 이렇게 나의 뇌리에 선명한 것이리라.《도련님》의 '나'도, 소설가 소세키도, 이같이 강력한 할머니의 사랑을 기억하고 있었다. 쓸쓸한 외돌토리의 영혼을 심연에서 건져 올린 건 다름 아닌 그런 깊은 사랑인지도 모른다.

한편《도련님》의 '나'와 기요 할멈, 그리고 어린 소세키에게는 그들만의 공통점이 있다. 자신이 있을 곳, 자신이 안주할 곳이 불분명하다는 점이다. 기요 할멈은 더부살이가 끝나자 마땅히 거주할 데가 없어 조카 집에서 신세를 지고, '나'는 선생으로 부임한 마쓰야마에서 여관이며 하숙집을 전전한다. 자존심 때문에 쓸데없이 5엔이나 더 얹어준 여관에서도 금방 짐을 싸서 나와야 하고, 가시도치가 구해준 하숙집의 주인 남자는 남의 차를 자기 것처럼 마시면서 골동품을 강매하는가 하면, 막물 호박이 소개한 하숙집의 할머니는 구두쇠라 밥상이 쓸쓸하다. 어딜 가나 불편하고 어디에도 맘 편히 한 몸 누일 데가 없다. 유년기의 소세키는 한술 더 떠, 태어나서부터 여러 아버지와 어머니 손에 맡겨져 생존 자체를 위협받으며 자랐다.

어린 긴노스케는 골동품 가게를 거쳐 이번에는 시오바라 가문으로 입양된다. 이후 스무 살이 될 때까지 정식 이름은 시오바라 긴노스케였다. 자식이 없던 시오바라 부부는 과거 나쓰메 집안에서 일했던 인연으로 긴노스케를 데려와 아사쿠사에서 키웠고, 소세키는 철들 무렵까지 이들을 진짜 부모라고 생각했다. 그러나 시오바라 부부는 싸움이 잦아 어린 시절 늘 불안했다고 훗날 소세키는 회상한다. 결국 양아버지에게 다른 여자가 생겨 가정불화가 극에 달하고, 양어머니는 아들을 데리고 나쓰메 가문에 잠시 기거한다. 이때 긴노스케는 자신에게 형제자매가 있었고, 그동안 할머니, 할아버지라고 여겼던 이들이 친부모였음을 알게 된다. 양어머니는 이혼해서 긴노스케를 버리고 어디론가 사라졌다가 나중에 어느 술집 주인의 후처가 된다.

이 무렵 어린 긴노스케는 양아버지 집이 있는 아사쿠사와 친아버지 집이 있는 우시고메를 오가며 생활하는데, 하루는 양아버지가 집에 데려온 새어머니와 나누는 이야기를 엿듣게 된다. "언제까지 저 아이와 함께 살아야 해요? 저 아이는 날 싫어한다고요." 이에 양아버지는 말한다. "걱정 마. 녀석을 조만간 어디 급사로 내보내 돈벌이시킬 작정이니까." 양아버지 시오바라는 마을에서 "초 대신 손톱에 불을 붙일 정도로 인색"(《한눈팔기》)하기로 소문난 구두쇠였다. 당시 소학교에 다니던 긴노스케는 도망치듯 친부모의 집에 몸을 의탁하지만, 친아버지는 이미 다른 집안의 성씨를 가진 아들이 못마땅했다. 성장한 긴노스케가 대학에 가고 싶다고 했을 때도 "너는 이미 나쓰메의 자식이 아니다. 시오바라에 준 자식이다"라며 그 큰 돈을 들여 공부를 가르칠 수는 없다고 말했다. 결국 긴노스케는 졸업 후 돈을 갚겠다는 서약서를 쓰고 친아버지에게서 학자금을 대출받아 겨우 대학에 진학할 수 있었다. 대학을 졸업한 소세키가 빠듯한 선생 월급을 쪼개 매달 친아버지에게 돈을 보내며 근근이 살아야 했던 데는 이런 사정이 있었다.•

그 와중에 양아버지는 "호적을 원래대로 생가에 돌려주지 않았을 뿐 아니라 어느새 호주로 고친 긴노스케의 인감을 남용해 여기저기서 돈을 빌린"(《한눈팔기》)다. 그러나 긴노스케의 친형들이 줄줄이 사망하고 나쓰메 가문의 대가 끊길 지경이 되자 친아버지는 양아버지에게 "당장 ○○엔을 건네고 잔금 ○○엔은 매달 30일에 월부로 지급하기로 합의"(《한눈팔기》)하여 마침내 긴노스케를 나쓰메 가문으로 복적시킨다. 이런 복잡한 성장기를 소재로 한 소설 《한눈팔기》에는 그 사정이 소소히 기록되어 있다. 이 책을 들여다보면, 장성한 소세키가 가족을 이루고 한창 소설가로 살아가는 와중에도 연락을 끊고 지내던 양아버지와 양어머니가 번갈아 찾아와 어린 시절 돌봐준 대가로 꾸준히 돈을 요구한다.

모든 것이 돈이었다. 아이를 양육할 책임이 있는 어른들은

• 소세키의 유년 시절 사연은 伊集院静, 《ミチクサ先生·上》(講談社, 2021)에 수록된 내용을 참고했다.

오로지 자신들의 잇속을 차리기 위해 아이를 이리저리 잡아 끌고, 늙고 병든 뒤에는 빚쟁이처럼 따라붙어 사람을 질리게 한다. 사람보다 돈이 먼저고 이해타산에 빠삭한 근대의 인간 군상에 넌더리가 났을 것이다. 《도련님》에서 '나'를 마지막까지 인간답게 사랑해준 근세의 사람, 배운 것 없고 초라할 지라도 끝까지 도련님에게 의리를 지킨 기요 할멈을 가족보다 더 가깝게 그린 이유는 거기 있다.

소세키가 어린 시절에 했던 경험은 마땅히 한 인간의 생을 우울하게 만드는 요인이었을 것이며, 근대를 바라보는 소세키의 알 수 없는 불결함과 근원적인 혐오와도 이어져 있다. 열 편의 우울하고 기괴한 꿈을 그린 소세키의 《몽십야》에는 어린 긴노스케가 겪었을 마음처럼 한곳에 안주하지 못하고 부유하는 인간의 근원적인 불안과 공포가 담겨 있는데, 여기서 잠시 《몽십야》의 일곱 번째 꿈으로 날아가보자.

일곱 번째 밤•

거대한 배에 올라 있다.

• 《아사히 신문》(1908)에 연재되었으며, 번역 대본으로는 夏目漱石, 《夏目漱石全集10》(ちくま文庫, 2002)를 사용했다.

배는 검은 연기를 토해내며 밤낮으로 쉬지 않고 조금씩 파도를 가르며 나아간다. 소리가 무시무시하다. 하지만 어디로 가는지 알 수 없다. 다만 물결 아래서 불에 달궈진 부젓가락 같은 태양이 뜬다. 태양은 돛대 꼭대기 높은 곳에 올라 한참 걸려 있는가 싶더니 어느 틈엔가 거대한 배를 앞질러 가버린다. 그러더니 결국에는 식은 부젓가락처럼 치익 소리를 내며 다시 물결 아래로 잠긴다. 그때마다 저 멀리서 푸른 파도가 붉은색으로 들끓는다. 배는 무시무시한 소리를 내며 그 흔적을 뒤쫓는다. 하지만 결코 붙잡을 수 없다.

하루는 내가 선원을 붙잡고 물었다.

"이 배는 서쪽으로 갑니까?"

선원은 수상하다는 듯 한참 내 얼굴을 들여다보더니 마침내 입을 열고 되물었다.

"어째서?"

"지는 태양을 쫓아가니까요."

선원이 껄껄 웃었다. 그러고는 저쪽으로 가버렸다.

"서쪽으로 가는 태양, 그 끝은 동쪽인가. 진실로 그러한가. 동쪽에서 뜨는 태양, 그 시작은 서쪽인가. 이 역시 진실인가. 이 몸은 파도 위. 배 안에서 선잠을 잔다. 노를 저어라, 노를 저어라." 왁자지껄 시끄럽다. 뱃머리로 가보니 뱃사람이 잔뜩 모여 굵은 돛대 줄을 끌어당기고 있었다.

나는 너무 불안했다. 언제 육지에 닿을지 알 수 없었다. 어디로 가는지도 알지 못했다. 분명한 것은 그저 검은 연기를 내뿜으며 파도를 가르고 있다는 사실뿐이다. 드넓은 바다는 끝도 없이 푸르렀다. 때때로 자줏빛을 띠기도 했다. 움직이는 배 주변만이 새하얀 물거품에 휩싸여 있었다. 나는 너무 불안했다. 이런 배에 있느니 차라리 몸을 던져 죽어버릴까 생각했다.

승객은 많았다. 대부분 외국인인 듯했다. 얼굴이 다양했다. 날이 흐려 배가 흔들리는데, 한 여자가 난간에 기대 계속 울어댔다. 눈물을 닦는 손수건이 하얗게 보였다. 서양 옷을 입고 있었다. 여자를 보며, 슬픈 건 나 혼자만이 아니라는 사실을 깨달았다.

어느 밤, 갑판 위에 올라 혼자 별을 보고 있는데 한 외국인이 다가와 천문학을 아느냐고 물었다. 이도 저도 시시해서 죽어버릴까보다 생각까지 하는 나다. 천문학 같은 걸 알 필요가 없다. 나는 묵묵히 있었다. 그러자 그 외국인이 황소자리 꼭대기에 있는 일곱 개의 별 이야기를 들려주었다. 그러면서 별도 바다도 모두 신이 만든 거라고 했다. 마지막에 신을 믿느냐고 물었다. 나는 말없이 하늘만 바라보았다.

어느 날 살롱에 들어가니 화려한 의상을 입은 젊은 여자가 나를 등진 채 피아노를 치고 있었다. 그 옆에 서 있는 키 크고 잘생긴 남자는 노래를 불렀다. 남자의 입이 아주 크게 보였다. 두 사람은 서로 이외에는 아무것에도 신경 쓰지 않는 눈치였다.

나는 점점 더 시시해졌다. 결국 죽기로 결심했다. 그래서 그날 밤, 주변에 아무도 없을 때 작심하고 바다로 뛰어들었다. 하지만 내 발이 갑판을 떠나 배와 인연이 끊어진 바로 그 순간, 갑자기 목숨이 아까워졌다. 아차 싶었다. 하지만 이미 늦었다. 나는 싫든 좋든 바닷속으로 들어가지 않으면 안 된다. 다만 배가 아주 큰지 몸이 붕 뜨고 한참이 지나도 발이 물에 닿지 않았다. 하지만 붙잡을 것이 없어 차츰 물에 가까이 다가갔다. 물빛은 검었다.

그사이 배는 검은 연기를 내뿜으며 나를 스쳐 지나갔다. 나는 어디로 가는지 알 수 없는 배라도 타고 있는 게 낫다는 사실을 비로소 깨달으며, 무한한 후회와 공포에 휩싸여 검은 물결 속으로 조용히 잠겨 들었다.

나는 마흔 줄의 소세키가 쓴 이 어두운 꿈의 기록에서 어린 시절 사랑받지 못한 인간이 지닌 깊이를 알 수 없는 우울을 본다. 인간은 자신이 발 디딜 곳을 찾지 못할 때 가장 불행해진다. 지금 서 있는 곳이 어딘지 어디로 향하고 있는지조차 알 수 없을 때 죽음을 생각한다. 어디에도 속하지 못하고 혼자라는 고립감에 빠질 때 죽음을 뛰어넘는 공포가 찾아온다. 인생이란 태어나서 죽을 때까지 자신이 있을 곳을 찾아 나서는 여행이다.

자신이 있을 곳이 동쪽인지 서쪽인지도 분간할 수 없는 혼돈의 여정 속에서 소세키는 죽지 않고 살아 붓을 들었고, 도련님은 "천 가방과 초라한 박쥐우산을 들고" 생면부지의 땅 마쓰야마로 떠난다. 우왕좌왕하는 그들을 검은 물속에서 건져 올린 것은, 묻지도 따지지도 않고 그 사람을 믿어준 한 사람의 노파인지도 모른다. 똥통 속에서 어리고 간절한 마음을 건져 올린 주름진 할멈의 손이 《도련님》이라는 근대문학의 포문을 연 작품을 건져 올렸다고 한다면 지나친 과장일까. 그 사실을 아는지 모르는지 할멈의 다정한 입술은 땅속에서 그저 이렇게 중얼거리리라.

> "무덤 속에서 도련님이 오실 날을 기쁘게 기다리고 있겠습니다."

2. 학교

《도련님》은 학교를 중심으로 펼쳐지는 이야기다. 오늘날 학교는 너무도 익숙한 공간이지만 《도련님》이 발표된 1906년만 해도 근대국가의 설립과 함께 신설된 문명 확대의 장이었다. 에도 시대에도 번교•나 향교 같은 곳에서 사무라이를 양성하고 글자를 가르쳤지만, 정부 주도 아래 체계적으로 양성된 교사와 교과서를 기반으로 교육이 이루어진 것은 1880년대 들어서다. 주로 미국이나 프랑스의 교육제도를 참고했다. 당시 대중에게 학교라는 공간은 지금보다 훨씬 더 신선하고 세련된 울림이 있었을 것이다.

《도련님》의 '나'는 부모님이 돌아가시고 형을 통해 600엔의 유산을 건네받는다. 형은 그 돈으로 알아서 살아남으라는 말을 남긴 채 떠나버린다. '나'는 얼마간의 돈을 손에 쥐고 갈팡질팡한다. 장사도 쉽게 볼 일이 아니고 이 정도 돈으로는 성공도 보장할 수 없다. 이러지도 저러지도 못하는 상황에서 학교는 '나'의 새로운 구원이 된다. 유년기의 '나'는 기요 할멈이 유일하게 기댈 곳이었지만, 청소년기의 '나'는 학교가 유일하게 기댈 곳이다. 학교에 머무르며 학생으로 있는 동안에는 이리로 가야 할지 저리로 가야 할지 걱정하지 않아도 된다. 고민은 단 한 가지, 무슨 공부를 해볼까. 학교라는 거대한 배에 올라 저 멀리 떠오르는 태양을 바라보며 무슨 공부를 할까, 무슨 일을 하는 사람이 될까, 고민하는 동안에는 갑판 위에 안전하게 발을 붙이고 살 수 있었다. 공부할 거리에

● 에도 시대에 여러 번이 무사의 자제를 교육하기 위해 설립한 학교.

대한 궁리에 사로잡힌 시간만큼은 발밑으로 흐르는 검은 물이 보이지 않았다. '나'는 물리학교에서 공부해 수학 교사가 될 자격을 얻고, 도쿄 제국대학 영문과를 졸업한 나쓰메 긴노스케는 영어 교사가 될 자격을 얻는다.

> 졸업하고 여드레 되는 날, 교장이 부르기에 무슨 일인가 싶어 찾아가니 시코쿠의 한 중학교에서 수학 교사를 구한다는 말을 꺼냈다. 월급이 40엔인데 가보겠느냐는 이야기였다. 3년 동안 공부는 했지만 솔직히 교사가 될 생각도, 시골에 갈 마음도 없었다. 그렇다고 교사 말고는 딱히 할 일도 없었기 때문에 그 자리에서 가겠다고 대답했다.

시코쿠는 일본열도 서남쪽 에히메현, 고치현, 가가와현, 도쿠시마현을 아우르는 거대한 섬이다. 소세키는 대학원에 진학해 공부하다가 28세에 시코쿠 서쪽 끝의 역사 깊은 도시 마쓰야마의 중학교 영어 교사로 부임해 1년 동안 학생들을 가르쳤다. 이 시기의 경험을 소재로 《도련님》을 쓴 건 39세 때로, 마쓰야마에서 교사로 근무한 지 10여 년 만이었다. 소세키의 제자이자 《산시로》의 모델로 알려진 독문학자 고미야 도요타카는 나쓰메 선생이 불과 일주일 만에 《도련님》을 썼다고 증언했다. 문부성 장학생으로 런던 유학길에 올랐다가 귀국 후 도쿄 제국대학 영문과 교수로 일하며 기분 전환을 위해 쓴《나는 고양이로소이다》에 이은 생애 두 번째 소설이었다. 두 작품 모두 예상치 못하게 큰 성공을 거두어 교직을 그만두고 본격적인 작가의 길로 들어서게 된다.

소세키는 무척 안도했을 것이다. 교사 일이 도무지 적성에 맞지 않았기 때문이다. 학교는 혼란스러운 청소년기에 안심하고 머무를 곳이 되어주었지만, 천성이 자유로운 긴노스케에게는 답답한 감옥 같은 곳이기도 했다. 학교에 대한 양가감정 속에서도 처자식이 있고 빚을 갚아야 하는 부모가 있기에 선생 노릇을 해야 하는 신세였는데, 아이러니하게도 '도련님 선생'이 그 빚장을 풀어주었다. 독자의 입장에서는 소세키의 이런 일련의 상황 덕분에 유쾌하고 유머러스한 한 편의 근대 소설을 즐길 수 있으니 이 역시 즐겁다. 도련님이 불만스럽게 학교와 학생의 불합리함을 욕하면 욕할수록 그곳의 풍경은 더욱 매력적으로 다가온다. 그런데 당시 시코쿠 중학생의 눈에는 도쿄에서 온 영어 교사가 어떻게 비쳤을까. 이불 속에 메뚜기를 넣고, 칠판에 "욕탕 안 수영 금지"라고 낙서하며 골탕 먹이고 싶은 선생님이었는지는 알 수 없지만, 시쳇말로 조금은 꼰대 같은 선생의 글이 남아 있다. 학생들에게 솔직하게 쏟아내는 소세키 선생의 인생 조언 전문을 가져왔다.

우견수칙(愚見数則)•

학교 이사장이 와서 아무거나 써달라는데 요사이 생각이 바닥나서 여러분한테 해줄 말이 없다. 하지만 꼭 쓰라고 한다면 어쩔 수 없이 뭔가 써야 할 텐데, 입발림 소리는 하기 싫고 나름대로 생각한 것을 항목별로 죽 적어볼 것이니 재미를 기대해서는 안 된다. 다만 문장이란 엿가락과 같아서 늘리고자 하면 얼마든지 늘릴 수 있지만 대신 알맹이는 부실할 수 있다.

옛날 학생은 봇짐 하나 짊어지고 길을 떠나 이 사람이다 싶은 스승 댁에 제자로 들어가 정착했다. 하여 스승을 공경하는 마음이 부모 형제에 대한 마음보다 컸다. 스승도 제자를 친자식처럼 아꼈다. 이 정도는 되어야 참교육이라 할 수 있다. 오늘날 학생은 학교를 여인숙처럼 여긴다. 돈을 내고 당분간 머물 곳에 불과하여 질리면 곧바로 숙소를 옮긴다. 학생이 이러하니 교장은 여인숙 주인 꼴이고 교사는 여관 종업

• 우둔한 선생이 제안하는 몇 가지 수칙이라는 뜻. 에히메현 중학생을 대상으로 발행한 잡지《호케이카이잣시》(1895)에 교사 신분으로 기고한 글이다. 번역 대본으로는 夏目漱石,《漱石文明論集》(岩波文庫, 2010)를 사용했다.

원이나 마찬가지다. 주인인 교장조차 손님 비위를 맞춰야 하니 종업원이야 말해 무엇할까. 훌륭한 가르침은커녕 해고만 되지 않으면 행복할 지경이다. 학생은 거만해지고 교사의 위상이 실추됨은 당연한 결과다.

공부하지 않으면 제대로 된 인간이 되지 못한다는 걸 각오해라. 나도 공부하지 않으면서 너희들 얼굴만 보면 공부해라 공부해라 한다. 행여 너희가 나처럼 우둔한 사람이 될까 두려운 탓이다. 가까운 이의 실패를 거울삼아 노력하고 또 노력하도록.

나는 교육자에 적합하지 않은 사람이고, 어쩌다 자격이 되어 여기 있을 뿐이다. 이렇게 부적합한 남자가 먹고살기 위해 얻을 수 있는 가장 쉬운 길이 교사다. 이는 오늘날 일본에 진정한 교육자가 나기 어려움을 말해주는 동시에, 오늘날 학생은 가짜 교육자가 대충 짜내는 수업을 듣게 될 확률이 높다는 슬픈 현실을 말해준다. 세상의 열성적인 교육자 가운데는 내 의견에 공감하는 이가 많으리라. 진정한 교육자를 육성하여 가짜를 쫓아내는 건 국가의 책임이다. 훌륭한 학생이 되어 별 볼 일 없는 선생을 그만두는 길로 이끄는 건 너희들의 임무다. 내가 교육의 장에서 추방당하는 날이 일본 교육이 화려하게 꽃필 때라고 생각해라.

월급의 많고 적음으로 교사의 가치를 판단하지 마라. 월급은

운에 따라 떨어질 수도 있고 오를 수도 있다. 길거리에서 잡일을 하는 사람에게서 귀족보다 뛰어난 재능을 발견하기도 한다. 이는 책을 읽으면 알 수 있는 일이다. 다만 머릿속으로 알고 있기만 하고 실전에 응용하지 않으면 모든 학문은 헛수고가 된다. 낮잠이나 자는 게 낫다.

선생이라고 해서 반드시 학생보다 낫다는 법은 없다. 어쩌다가 우연히 가르치는 직업을 얻은 것뿐이다. 따라서 학생이 무조건 선생의 말에 따라야 하는 건 아니다. 따를 수 없을 때는 항변해라. 그러나 자신이 틀렸음을 깨달았다면 사죄해라. 변명은 필요 없다. 자기 잘못을 인정하는 용기는 뜻한 바를 성취하는 용기보다 백배 더 크다.

의심하지 마라. 망설이지 마라. 무서운 기세로 나아가라. 한 번 비겁함과 안일함에 버릇이 들면 쉽게 헤어 나오기 어렵다. 먹도 한쪽으로 치우쳐 갈면 웬만해선 평평해지지 않는다. 무엇이든 처음이 중요하다는 걸 명심해라.

세상에 좋은 사람만 있다고 여기지 마라. 화나는 일이 수두룩하다. 그렇다고 나쁜 사람하고만 어울려서는 안 된다. 마음에 안정을 찾기 어렵다.

남을 숭배하지 마라. 남을 경멸하지 마라. 태어나기 전을 생각해라. 죽은 후를 생각해라.

사람을 볼 때는 마음 깊은 곳을 보아라. 그것이 불가능하다면 손을 잡지 말지어다. 수박이 좋은지 나쁜지는 두드려서 안다. 인간이 어떠한지는 예리한 마음의 칼을 휘둘러 둘로 쪼개보고 판단해라. 두드린 정도로 안다고 믿었다가는 돌이킬 수 없는 상처를 입는다.

다수를 등에 업고 한 사람을 바보로 만들지 마라. 자기의 우둔함을 만천하에 드러내는 일과 다를 바 없다. 그런 자는 인간 찌꺼기다. 두부 찌꺼기는 말이라도 먹는다. 인간 찌꺼기는 아무짝에도 쓸모가 없다.

내가 자신감이 넘치면 남이 나를 깎아내리고, 내가 자신감이 희박하면 스스로를 깎아내린다. 오히려 남이 나를 깎아내려도 스스로 깎아내리지는 마라. 미워하는 마음을 버려라. 모르면서도 아는 척하며 남을 험담하고 빈정거리는 건 마음속에 미움이 있기 때문이다. 인간 자체뿐만 아니라 시나 노래에도 미움이 깃들면 아름답지 못하다.

선생에게 꾸중을 들었다고 자기 가치가 떨어졌다고 여겨서는 안 된다. 칭찬을 받았다고 자기 가치가 올랐다고 득의양양할 일도 아니다. 학은 날아가든 잠을 자든 학이다. 돼지는 울든 신음하든 돼지다. 남의 비판에 따라 변화하는 것은 상황이지 가치가 아니다. 유리한 상황이 목적인 사람을 수재라 한다. 가치를 기준으로 사는 사람을 군자라 한다. 그러므로 수재는 출세가 잦고 군자는 영락을 개의치 않는다.

평상시는 아이와 같이 맑고 깨끗해라. 비상시에는 달아나는 토끼처럼 민첩해라. 앉을 때는 큰 바위처럼 편안히 머물러라. 다만 아이도 때로는 사악한 일을 저지르고, 달아나는 토끼도 가끔은 사냥꾼 손에 잡히며, 큰 바위도 지진이 나면 굴러갈 수 있음을 잊지 마라.

잔꾀를 쓰지 마라. 권모술수를 멀리해라. 두 점 사이의 최단 거리는 직선이다.

권모술수를 쓸 수밖에 없는 상황이라면 나보다 인간이 덜된 자에게 써라. 욕망에 휘둘리는 자에게 써라. 남의 말에 동요하는 자에게 써라. 마음이 무른 자에게 써라. 기도나 저주도 산을 움직이지는 못한다. 제대로 된 인간이 여우한테 홀리는 건 책에도 안 나온다.

인간을 보라. 금시계를 보지 마라. 몸에 두른 옷을 보지 마라. 사기꾼이 우리보다도 훌륭하게 갖춰 입는다.

거만은 금물이다. 아첨도 필요 없다. 자기 힘에 자신이 없는 자가 만일을 위해 흉기를 몸에 지니고 다니는 법이다. 갚을 돈이 있는 자가 받을 돈이 있는 자에게 술을 따르고 아양을 떠는 법이다. 모두 자기에게 약점이 있기 때문이다. 덕이 있는 자는 거만 떨지 않아도 사람들의 존경을 받고 아첨하지 않아도 사람들의 사랑을 받는다. 북을 울리는 건 공허한 탓이다. 완력으로는 아무것도 해결되지 않는다.

함부로 남을 평하는 말을 내뱉지 마라. 한심한 놈이라고 속으로 생각하는 걸로 충분하다. 한번 내뱉은 말은 다시 입에 주워 담으려 한들 아무 소용이 없다. 들은 건 소문뿐인 불확실한 정보로 늘어놓는 험담은 특히 더하다. 학문상으로 격론하는 건 타인의 공격에 내 이론이 파탄 날까 두려워서다. 남의 신상을 꼬리에 꼬리를 물고 캐묻는 건 사람을 고용하여 간접적으로 남을 짓패는 일이나 다름없다. 부탁받았다고 해서 할 일도 아니다.

부탁받은 적도 없으면서 소문을 퍼뜨리고 다니는 건 고약한 취미 중에서도 최고로 고약하다.

바보는 백 명이 모여도 바보다. 아군이 대세가 되었다고 스스로 훌륭해졌다고 여긴다면 큰 착각이다. 소는 소와 친구가 되고 말은 말과 친구가 된다. 내 편이 많다는 건 때때로 자신이 얼마나 바보 같은지 증명하는 일이 되기도 한다. 참으로 딱한 일이다.

무슨 일을 하려거든 때와 상황과 상대방, 이 세 가지를 꿰뚫어 보지 않으면 안 된다. 그중 하나를 빠뜨리는 건 물론이고 100분의 1이 부족해도 성공은 요원하다. 그러나 만사가 반드시 성공을 목적으로 한다고 생각하지는 마라. 성공을 목적으로 사는 건 월급을 받기 위해 공부를 하는 것과 같다.

속이려고 접근하는 이가 있을 때 큰 지장이 없다면 그냥 속아주어라. 여차하면 뼈아프게 반성하게 만들어라. 이는 복수가 아니라 이 세상을 위함이다. 소인배는 이익에 빠삭하여 자기에게 손해가 가는 줄 알면 조금씩은 나쁜 짓을 하지 않게 된다.

떠드는 자는 아는 게 없고, 아는 자는 떠들지 않는다. 쓸데없는 말을 주절주절 늘어놓는 건 보기 흉하다. 하물며 독설은 어떻겠는가. 무슨 일이든 차분하게 대해라. 그윽하게 다가가라. 만사에 입을 다물라는 말은 아니지만, 때로는 한마디도 천금의 가치가 있고, 만 권의 책도 하찮은 내용이라면 똥 닦은 종이와 다를 바 없다.

손익과 선악을 혼동하지 마라. 경박함과 담백함을 혼동하지 마라. 진솔함과 허황함을 혼동하지 마라. 호방함과 난폭함을 혼동하지 마라. 때에 따라 변화를 받아들이고 그때그때 수많은 성질을 보고 판단해라. 하나만 알고 둘을 모르는 자는 성장하기 어렵다.

이 세상에 악인이 존재하는 이상 싸움은 피할 수 없다. 사회가 온전해지기 전까지는 불평과 소동이 끊이지 않을 것이다. 학교도 학생이 소동을 벌여야만 점차 개선된다. 평온무사는 기뻐할 일이지만 때로는 근심스러운 현상이다. 이렇게 말했다고 해서 너희들에게 폭동을 부추기는 것은 결코 아니다. 무턱대고 난폭하게 굴어서는 대단히 곤란하다.

목숨을 귀히 여기는 자는 군자요, 목숨을 뒤엎는 자는 호걸이요, 목숨을 원망하는 자는 부녀자요, 목숨을 구걸하는 자는 소인이다.

이상을 높이 가져라. 그렇다고 억지로 야심을 부풀리라는 말은 아니다. 이상이 없는 자의 말과 행동을 봐라. 초라함의 극치다. 이상이 낮은 사람의 행동거지를 봐라. 아름다운 데가 없다. 이상은 식견에서 나오고, 식견은 학문에서 나온다. 학문을 해도 발전이 없는 인간이라면 처음부터 학문에 발을 들이지 않는 편이 낫다.

속아서 나쁜 짓을 하지 마라. 우둔함을 드러낼 뿐이다. 시킨다고 악한 짓을 저지르지 마라. 비루함을 증명하는 길이다.

말이 없다고 해서 말솜씨가 없다고 여기지 마라. 손을 놓고 있다고 해서 재주가 없다고 여기지 마라. 웃는다고 해서 화낼 줄 모른다고 여기지 마라. 세상의 평판에 관심이 없다고 해서 아무것도 못 듣는다고 여기지 마라. 음식을 가리지 않는다고 해서 맛을 모른다고 여기지 마라. 짜증을 낸다고 해서 인내심이 없다고 여기지 마라.

남을 일으키고자 한다면 자기가 먼저 일어서라. 남을 죽이고자 한다면 자기가 먼저 죽어라. 남을 바보 취급하는 일은 스스로 바보가 되는 길이다. 남을 망치는 일은 스스로를 망치는 길이다. 나아갈 때는 위타천처럼, 지킬 때는 부동명왕처럼 처신해라.

이상의 수칙은 그저 지금 생각나는 대로 쓴 것이다. 길게 쓰자면 한이 없으니 이쯤에서 줄인다. 여러분에게 반드시 일독을 권하는 것은 아니다. 하물며 잊지 말고 가슴에 새기라는 말도 하지 않겠다. 여러분은 젊다. 인생에서 가장 유쾌한 시기를 지나고 있다. 나 같은 사람의 말에 귀를 기울일 여유 따위 없다. 그러나 몇 년 뒤 학교생활을 마치고 갑자기 속세로 나갔을 때, 문득 고개를 돌려 생각에 잠기며 참으로 지당한 말이라 여기는 날도 오리라. 그러나 이것도 보증하지는 못한다.

3. 온천 마을

마쓰야마 하면 도고 온천을 빼놓을 수 없다. 충남 아산시에도 신라 시대 때부터 있었다는 '도고온천'이라는 이름이 보이는데 이건 '道高温泉'이고, 시코쿠 마쓰야마에 있는 건 '道後温泉'이다. 《고지키》•에 기록이 남아 있어 일본에서 가장 오래된 온천 가운데 하나로 알려져 있다. 두 나라에서 1000년도 더 된 역사적인 온천 이름에 길 도 자(道)가 붙은 걸 보면, 오래전부터 온천은 길 떠나온 사람들을 위한 물이었나보다.

• 일본에서 가장 오래된 역사서.

벌써 10년 전쯤 일인데, 나는 마쓰야마 도고 온천으로 여행을 떠난 적이 있다. 그때 처음으로 《도련님》을 읽었다. 《나는 고양이로소이다》나 《마음》은 일찍이 내 마음을 끄는 구석이 있었지만, 《도련님》은 어쩐지 읽기를 조금 미뤄두고 있었다. 답답한 무리 속에서 싸워나가는 이야기에 본능적인 거부감을 가진 탓인지도 모른다. 그런데 그즈음 모 잡지에 '일본 문학 기행'을 연재하다가 이 기회에 소세키와 온천에 푹 빠져 보자는 마음이 생겼다.• 어떤 책을 읽는 데 우연히 부딪힌 마음만큼 좋은 계기는 없다. 마음에 스파크가 일면 어두운 길도 잘 보인다. 한번 작심하면 곧바로 엉덩이를 떼야 직성이 풀리는 내게도 어쩌면 에돗코 기질이 있나? 언젠가 헌책방에서 100엔을 주고 산 신초문고판 《도련님》을 작은 트렁크에 넣고 길을 떠났다. 나는 물론 비행기를 탔다. 서울에서 마쓰야마까지 한 시간 반 남짓. 나보다 100여 년 앞서 마쓰야마 중학교에 영어 교사로 부임한 나쓰메 긴노스케는 증기선을 탔다. 도쿄에서 마쓰야마까지, 이틀하고도 세 시간이 걸렸다.

간다 선생님께

떠나올 때 여러모로 마음 써주셔서 감사합니다. 저는 지난

• 〈온천마을에서 예술을 논하다—두 친구 소세키와 시키〉, 《BOON》, 2015.

7일 오전 11시에 출발해 9일 오후 2시경 이곳에 잘 도착했으니 걱정하지 마십시오. (……) 교사가 된 지 이제 일주일밖에 되지 않았지만, 지방 중학교라는 곳은 도쿄에서 생각했던 만큼 담백하지 않아서 소생처럼 '은둔자'스러운 인간에게는 참으로 난처합니다. 쓸데없는 일에 시간을 낭비해서 생각대로 공부도 할 수 없고, 지난번 말씀드린 유학 비용 저축도 힘들지 않을까 내심 걱정입니다.

에히메현 마쓰야마시 1번정 아이쇼테이,
1895년 4월 16일•

대학을 졸업하고 마쓰야마의 중학교 교사로 한동안 있었다. 《도련님》에 나오는 사투리를 쓰는 중학생 녀석들을 이때 만났다. 그렇다고 내가 '도련님' 같은 짓을 한 것은 아니니 오해 말기를. 하지만 거기 나오는 온천은 있었고 빨간 수건을 늘어뜨린 채 거리를 활보했던 것도 사실이다. 또 한 가지 난처한 일은 마침 마쓰야마 중학교에 《도련님》에 나오는 가시

• 스승인 도쿄 제국대학 영문과 간다 나이부 교수에게 쓴 편지. 아이쇼테이는 소세키가 마쓰야마에 막 부임했을 때 하숙한 숙소다. 나쓰메 소세키, 《나쓰메 소세키 서한집》, 김재원 옮김, 읻다, 2020.

도치라는 별명을 가진 교사와 상당히 비슷한 선생이 있어서 소세키가 그 남자의 이야기를 썼다는 소문이 돈다는 것이다. 그게 아니어서 무척 난감했다.

—〈나의 오래전〉,《취미》에서

나는 이곳에 온 후 매일 스미타 온천에 갔다. 다른 곳은 어디를 가도 도쿄 발끝에도 못 미치는데 온천만큼은 훌륭했다. 어차피 왔으니 매일 몸이나 담그자 싶어 저녁밥을 먹기 전에 운동 삼아 들렀다. 갈 때마다 커다란 수건을 손에 들고 갔다. 이 수건에 온천물이 든 데다 물에 젖으면 빨간 줄무늬가 도드라져 얼핏 보면 연지색으로 보였다. 나는 이 수건을 온천 갈 때나 올 때나 기차에 탈 때나 늘 손에 들고 있었다. 그래서 학생들이 나를 빨간 수건, 빨간 수건 하고 부른다는 것이다. 동네가 좁아서 이래저래 시끄럽다.

작품 속 스미타 온천은 말할 것도 없이 도고 온천이다. 은둔자 같은 소세키 선생도 빨간 수건을 늘어뜨린 채 거리를 활보했다니 온천 마을이 주는 여유로움은 그때도 분명히 있었나 보다. 일상을 벗어나는 느긋함 말이다. 광화문 한복판에서 빨간 수건을 들고 걷는다면 이상한 사람이 되겠지만 온천 마을에서는 예사롭다. 나는 도심에서 온천 마을까지 자동차가 달리는 도로 한복판을 칙칙폭폭 달리는 도련님 열차에 몸을 실었다. 실제 증기기관차는 아니지만 겉모양은 거의 그대로 보존되어 있다. 평범한 현대식 거리 한복판을 돌연 과거에서 미래로 날아온 듯한 기차를 타고 달리는 기분은 자못 즐거웠다.

도련님 열차의 종점은 도고온천역. 여행객들과 함께 기차에서 내려 온천 마을 입구에 들어서는데, 저편에 붉은 셔츠며 가시도치, 마돈나가 보이는 듯하다. 아닌 게 아니라 매 시간 정각을 알리는 소리와 함께 시계탑 안에서《도련님》의 등장인물들이 노래에 맞춰 빙글빙글 돌아 나오며 인사를 한다. 온천 마을로 들어서자 유카타 차림에 목욕 가방을 들고 어슬렁어슬렁 걷는 온천족들이 하나둘 눈에 띄었다. 상점가 아케이드를 죽 걸어 나갔다. 경단도 팔고, 팥죽도 팔고, 메밀국수도 판다. 나쓰메 소세키가 들른 집이라는 간판도 보인다. 두리번두리번 구경하며 걷다가 머리 위로 하늘이 드러나는가 싶었을 때 도고 온천이 보였다. 3층 규모의 오래된 목조건물이었다. 맨 꼭대기에는 다친 다리를 온천물에 담갔다가 깨끗이 나았다는 온천 설화 속 학이 희고 고운 빛을 발하며 막 날아오르려 하고 있었다. 온천장은 지하에 있었다.

춥다. 수건을 걸치고 욕탕으로 내려간다.

세 첩 다다미방에서 옷을 벗고 네 계단 내려가니 다다미 여덟 장 크기의 욕탕이 나온다. 돌이 많은 고장인지 바닥은 화강암을 깔았고, 한가운데를 1~2미터 깊이로 파 두부 틀처럼 생긴 욕조를 놓았다. (……) 나는 욕조 가에 머리를 대고 누워 투명한 물속에 가벼운 몸을 되도록 저항력이 없이 띄워 보았다. 영혼이 해파리처럼 둥둥 떠 있다. 세상도 이런 기분으로 산다면 편안하리라. 분별의 자물쇠를 열고 집착의 빗장을 벗긴다. 될 대로 되라며 온천물 안에서 그 물과 하나가 된다. 흐르면 흐를수록 살아가기 쉽다. 흘러서 영혼까지 흘러간다면 그리스도의 제자가 되는 것보다 감사하겠지. 역시 이런 식으로 생각하면 익사자는 풍류다. 스윈번은 여자가 물 밑에서 왕생하여 기뻐하는 시를 썼다. 밀레이의 〈오필리아〉도 이렇게 관찰하니 무척 아름답다. 왜 그렇게 음산한 죽음을 그린 것인지 지금까지 이상하게 생각했는데, 온천물에 몸을 담그고 생각하니 그건 분명 작품이다. 물에 떠서, 혹은 가라앉아, 혹은 떴다 가라앉았다 하며 번민 없이 흘러가는 있는 그대로의 모습은 확실히 미적이다.

—《풀베개》 제7장에서 ●

● 번역 대본으로는 夏目漱石, 《夏目漱石全集3》(ちくま文庫, 1987)을 사용했다.

뜨거운 온천물로 걸어 들어갔다. 화강암으로 이루어진 욕조는 다른 온천장 욕탕에 비해 훨씬 컸고, 한가운데로 죽 걸어 들어가자 물이 가슴께까지 닿았다. 과연 도련님이 수영하고 싶어질 만하다. 계란 썩는 냄새가 나는 짙은 유황 섞인 물이 아니라 맑고 투명하게 영혼까지 파고드는 상쾌한 광천수다. 《풀베개》의 '나'는 온천물에 둥둥 떠서 해파리 혹은 죽은 오필리아를 생각하는데, 《도련님》의 '나'는 체력을 기르기 위해 발차기를 시작한다. 《도련님》은 1906년 봄, 《풀베개》는 1906년 가을, 같은 해 써낸 작품인데 완전히 다른 사람이 쓴 것처럼 성격이 전혀 다르다. 화구를 품에 끼고 산천을 돌며 그림을 그리는 《풀베개》의 예술가가 온천물에 몸을 담글 때, 그 옆에서 인근 학교 선생님인 천방지축 도련님이 첨벙첨벙 헤엄을 치고 있었다면 분명 눈살을 찌푸렸을 것이다.

누구에게나 어린아이와 같은 천진함과 예술가와 같은 통찰력은 공존하고 있는 법. 어느 한쪽을 부풀리고 억누르냐의 문제일 뿐이다. 나 역시 욕탕 안에 누워 발을 찰방거리다가도 은근히 눈을 감고 맑고 뜨거운 물을 음미해본다. 심장이 두근두근 뛰었다. 온천물이 피부를 지나 오장육부로 잠겨 들어오는 기분이 들었다. 물속에 입술을 담그고 인중을 담그고 더 아래로 내려갔다. 코끝까지 물에 잠기면 숨을 쉴 수 없다. 숨을 쉬지 못하면 나는 죽는다. 온천장에서 잠시 죽음을 경험하며 생각에 잠긴다. "너는 결국 무엇 하러 세상에 태어난 것이냐"(《한눈팔기》).

모든 사물은 자기만의 길을 갖는다. 깊은 안개가 끼어 한 치 앞도 보이지 않을 때조차 그 길은 존재한다. 다만 스스로 깨닫지 못할 뿐. 누군가는 분명 자기만의 길을 알고 그 길을 저벅저벅 잘도 걸어 나갈 테지만, 나는 그때 나의 길을 알지 못했고 그저 어느 길가 언저리에서 주춤대고 있었다. 어렸을 때는 모든 길이 분명했는데, 자라면서 점차 안개가 자욱한 꿈결 속으로 빠져드는 기분이다. 눈을 감고 더 깊이 잠기며 이 물처럼 맑고 투명하게 시야가 트이길 간절히 바랐다.

근대의 초입에서 누구보다 외로웠던 어린 긴노스케는 깊이를 알 수 없는 고독을 문장으로 쏟아내 소설을 남겼고, 마쓰야마에서 나고 자란 긴노스케의 오랜 벗 마사오카 시키는 한 줄 시로 우주를 담는 하이쿠를 완성했다. 긴노스케와 시키는 도쿄 대학 예비 학교에서 처음 만나 시키가 죽을 때까지 누구보다 서로를 잘 이해하는 친구였다. 소세키가 마쓰야마에서 근무하는 동안 시키는 고향으로 돌아와 두 달가량 같은 집에서 함께 지냈고, 그때 시키의 하이쿠 친구들이 매일 집으로 몰려와 밤마다 왁자하게 하이쿠를 짓다 돌아갔다. 이들 일행이 훗날 만든 하이쿠 잡지 《호토토기스》에 《나는 고양이로소이다》와 《도련님》이 실려 소세키가 소설가로 세상에 나오게 된 것이니, 세월이 흘러 이 길이 어느 길로 이어질지는 아무도 모르는 법이다. 내가 도고 온천에서 코를 박고 있을 때만 해도 이 번역과 글이 당신의 눈에 닿으리라고는 꿈에도 알지 못했던 것처럼. 그저 오늘의 일은 오늘만큼 해내고, 오늘의 시간에 오늘만큼 몸을 담그는 게 우리가 할 수 있는 모든 것. 소세키가 이 온천 마을을 떠나며 읊었던 하이쿠 한 수로 인사를 대신할까 한다.

나른한 봄날 마주해 하품하던 날이여 안녕

정수윤

휴머니스트 세계문학 021

도련님

1판 1쇄 발행일 2023년 7월 17일

지은이 나쓰메 소세키
옮긴이 정수윤

발행인 김학원
발행처 (주)휴머니스트출판그룹
출판등록 제313-2007-000007호(2007년 1월 5일)
주소 (03991) 서울시 마포구 동교로23길 76(연남동)
전화 02-335-4422 **팩스** 02-334-3427
저자·독자 서비스 humanist@humanistbooks.com
홈페이지 www.humanistbooks.com
유튜브 youtube.com/user/humanistma **포스트** post.naver.com/hmcv
페이스북 facebook.com/hmcv2001 **인스타그램** @booook.h

편집주간 황서현 **편집** 김대일 이성근 이은서 김선경 **디자인** 김태형
조판 아틀리에 **용지** 화인페이퍼 **인쇄** 청아디앤피 **제본** 민성사

ISBN 979-11-7087-016-6 04830
979-11-6080-785-1 (세트)

휴머니스트 세계문학

시즌 1. **여성과 공포**

001 프랑켄슈타인 메리 셸리 | 박아람 옮김
002 회색 여인 엘리자베스 개스켈 | 이리나 옮김
003 석류의 씨 이디스 워튼 | 송은주 옮김
004 사악한 목소리 버넌 리 | 김선형 옮김
005 초대받지 못한 자 도러시 매카들 | 이나경 옮김

시즌 2. **이국의 사랑**

006 베네치아에서의 죽음·토니오 크뢰거 토마스 만 | 김인순 옮김
007 그녀와 그 조르주 상드 | 조재룡 옮김
008 녹색의 장원 윌리엄 허드슨 | 김선형 옮김
009 폴과 비르지니 베르나르댕 드 생피에르 | 김현준 옮김
010 도즈워스 싱클레어 루이스 | 이나경 옮김

시즌 3. **질투와 복수**

011 폭풍의 언덕 에밀리 브론테 | 황유원 옮김
012 동 카즈무후 마샤두 지 아시스 | 임소라 옮김
013 미친 장난감 로베르토 아를트 | 엄지영 옮김
014 너희들 무덤에 침을 뱉으마 보리스 비앙 | 이재형 옮김
015 밸런트레이 귀공자 로버트 루이스 스티븐슨 | 이미애 옮김

시즌 4. **결정적 한순간**

016 노인과 바다 어니스트 헤밍웨이 | 황유원 옮김
017 데미안 헤르만 헤세 | 이노은 옮김
018 여행자와 달빛 세르브 언털 | 김보국 옮김
019 악의 길 그라치아 델레다 | 이현경 옮김
020 위대한 앰버슨가 부스 타킹턴 | 최민우 옮김